La abuela que cruzó el mundo en una bicicleta

おばあちゃん、青い自転車で世界に出逢う

GABRI RÓDENAS
ガブリ・ローデナス
宮崎真紀 訳

小学館

おばあちゃん、
青い自転車で世界に出逢う

LA ABUELA QUE CRUZÓ EL MUNDO EN UNA BICICLETA

ガブリ・ローデナス
宮崎真紀 訳

LA ABUELA QUE CRUZÓ EL MUNDO EN UNA BICICLETA
by Gabri Ródenas

Japanese translation rights arranged with
SANDRA BRUNA AGENCIA LITERARIA, SL
through Japan UNI Agency, Inc., Tokyo

目次

装丁／芥陽子
装画／いとう瞳
挿絵／アドリ・ローデナス

幸せな子ども時代を過ごし、これといってトラウマもなければ、さいわい重い病にもかかったこともなく、なに不自由のない人生だったと思うのに、ときどきふと、なにかが間違っているような気がする人へ。胸に巣食う悲しみの原因をさがして、つい何度も後ろを振り返ってしまう人へ。

母へ

はじめに

あなたは一杯食わされています――宝物を受け取ろうとしているとき、お代はけっこうです、と言われたとしたら。

でも、びくびくしなくても大丈夫。あなたが手にする宝物のすばらしさとくらべたら、代価なんてたいしたことではありません。

人生はいたずら好きで、物の道理をよくわきまえており、価値がちゃんとわかる人にしか貴重なプレゼントを贈りません。

そうやって人をテストしているのです。

テストといっても、心配はご無用。ゲームみたいなものです。

そもそも、この文章を読んでいる時点で、あなたはすでに最大の関門を突破しています。この本を読んでいけばわかるように、まぐれなんて存在しないし、この本が今あなたの手元にあることはけっして偶然ではありません。

なのでお願いしたいのは、こうしてせっかく大事な一歩を踏みだしたのだから、どうか途中でなげださないでほしい、ということです。

この旅は、あなたがほんとうのあなた自身を見つける手助けをします。あなたの魂が新たな発見をし、癒《いや》されるよう導くのです。もっと深い、共感にあふれた視点から、まわりの世界を見られるようになるでしょう。世界の本来の姿を見ることができるはずです。そしてその新たなビジョンは、あなたの中からけっして消えないでしょう。

ただ、この長い旅の中で宝物をいくつか見つければ、それでいい。ならば、もったいぶらずに今すぐここで全部見せてくれればいいじゃないか、と思うのでは？　そんなことをすれば、自分の手で発見する喜びや満足感を奪い、宝物も見つからなくなってしまうでしょう。

あなたは今、変身の旅に出かけようとしています。でも、それにはほんのすこしの代価を払い、自分にその意志がある証《あかし》を示す必要があるのです。

では、どんな代価なのか？

まずは、出発点となる最初の二章を突破すること。実際は、あなたを待つこの大いなる旅への扉は第三章の終わり近くにあるのですが、ご存じのとおり、どんな長旅にも準備というものが必要です。たとえば、なぜ旅に出たいと思うのか自分の心に問いかけ、古い型を捨てて新しい考え方をとりいれる覚悟をしなければなりません。それに、最初のうちは、いろいろなことが常識はずれに思えてとまどうはずですが、それを受け入れる必要があります。

すこしずつ、今まで〝常識はずれ〟だと思っていたことが、じつはごくふつうのことだったと気づくでしょう。

でもどうか信じてください。なにも悪いことは起きません。いえ、その逆です。あなた自身気づいていなかったとしても、あなたの心は最初から知っていたのです――なにが必要かということも、どの道をたどるべきかということも。今こそ、心に目を向ける練習をしましょう。

先に進むに従って、幸せな子ども時代だったか否《いな》かにかかわらず、大きなトラウマがあるか否かにかかわらず、順調な人生を送ってきたと思えるかどうかにかかわらず、なぜかときどき妙に不安になり、すべてが真新しくなったように思えたあの長い夏の黄昏時《たそがれどき》が懐かしくなる理由がわかるでしょう。心配事なんてなにひとつなく、これからどんな人生が待っているんだろう（きっとチャンスや冒険でいっぱいの人生だ）とぼんやり考えていた、あの夏の日のことが。

その瞬間にいつでももどることができる、そういう冒険を今でも体験できる、これまで積み重ねてきたことを全部手放してしまわなくてもあの新鮮な気持ちをとりもどせる――わたしはそう証明したいのです。

あとはこの質問にあなたが答えを出すだけです。

この自転車に、思いきって乗ってみませんか？

第一章　過去とは、はるか昔に消滅した星である

「汚《きたね》えな！」少年のひとりが娘のお腹《なか》にもうひとつ蹴《け》りを入れてどなった。

「臭《くせ》えし！」別のひとりが言った。

連中がそうして娘をいじめるのは、自分たちも汚く、臭く、そして貧しいと知っているからだ。でも娘はみなしごだが、彼らはちがう。

娘は地面で身を縮め、やせ細った腕で頭を抱えている。服は薄汚れ、埃《ほこり》まみれの顔を涙が伝っている。まるで酸が流れた跡のようだ。すでに乾きかけた、あきらめの涙。あるいは悔し涙。

「金をよこせ！　隠したのを見たぞ！」三人目の少年がわめいた。ほかのふたりより小柄で、臆病《おくびょう》なのか、心もち腰が引けている。少年は、ふたりとはちがって実行役ではなく、応援係だった。

「お金なんてもってないよ！」娘は金切り声をあげた。

ぼうぼうの赤毛がまるで怒った雄猫みたいに見える、色白のほうの少年（たぶん十一歳にもなっていないだろう）が青洟《あおばな》をすすりあげると、娘にかがみこんで隠した金をさぐりはじめた。娘は右に左に転がって抵抗しようとしたけれど、少年はぶしつけに娘の服のポ

ケットに手をつっこんだり、手をこじ開けようとしたりした。茶色い半ズボンをはいた、もうひとりのやせ型で色黒の少年もさっそく加勢する。

何度か手を出しかけては引っこめていた臆病な三人目の少年も、とうとう少女の足を押さえにかかった。そのころには、ほかのふたりがすでに少女を降参させ、無理やり手を開かせていた。

目的のものを目にしたとたん、少年たちはがっかりした。少女は目をぎゅっとつぶって、口を固く結んだまま片手で鼻をこすり、体をぶるっと震わせた。もう一方の腕は伸ばされて、手の中の宝物があらわになっている。でもその宝物もまもなく奪われてしまうだろう。

「馬鹿なやつだ」臆病な少年が言った。「最初っからそう言えばいいのに。意地を張るから、こんな目にあうんだ……」

「お金なんてもってないって言ったじゃない」

「金を隠したのを見たんだ」赤毛の少年が馬鹿のひとつ覚えみたいにくり返す。

「もってないよ、お金なんて」

「行こうぜ」色黒の少年は、少女の手から目当てのものをひったくると、言った。こんな貧相な娘が、これ以上金目のものをもっているとは思えない。

少女は地面に横たわったまま、戦利品をどう分配するか言い合いしながら遠ざかっていく少年たちをながめていた。とうに砕けてしまっていた、小さなクッキーをチョコでくるんだ昔ながらのお菓子アルファホール。少女を憐《あわ》れんで、あるおばさんがくれたものだった。

とはいえ、この出来事から、今はもう八十五年はたっている。

*

筋ばった彼女の両脚が、ゆっくりではあるけれど安定したリズムで、ペダルを交互に漕《こ》いでいく。精いっぱい引っぱり上げられた靴下が(それをいったら、わずかに残った筋肉も精いっぱい引っぱり上げられている)、彼女が脚を動かすたびにずり落ちそうになるが、がんばってしがみついている。

通りかかった彼女に、道端にいたふたりの中年男が挨拶《あいさつ》した。彼女はにっこり笑って軽く会釈を返した。

歯はほとんど残っている。髪も真っ白ではあるけれど、豊かでこしがある。風になびいていても、乱れてはいない。

自転車を停《と》めて、降りずにポストに近づく。ぎこちなく進むその様子はなんとなくペンギンみたいだ。近くで、汚れた服を着た男の子と女の子がしゃがみこみ、棒きれで地面になにか落書きをしていた。おばあちゃんはやさしい目でふたりを見た。

「お菓子をあげようか？」ふたりの子どもは目を大きく見開いた。「アルファホールがあるよ。ひとりにひとつずつ」

子どもたちはすぐさま遊びを中断して、おばあちゃんに駆け寄った。おばあちゃんは服の前にかけたエプロンのようなものからお菓子をふたつとりだすと、子どもたちにさしだした。男の子のほうは赤毛で、鼻から少しのぞいた鼻水はすでに乾いてしまっている。おばあちゃんは皺《しわ》だらけの手で男の子の髪をくしゃとかきまぜると、ほほ笑んだ。ふたりの子どもはお菓子にかぶりついた。

「おやおや」おばあちゃんが言った。「なんて言うんだっけ？」

「どうもありがとう、マルおばあちゃん！」

「よくできました。どんなときも礼儀を忘れちゃだめよ」

子どもたちは遊びにもどり、おばあちゃんは大きく息を吸いこんだ。脚は丈夫だが、さすがに疲れていた。毎日三十キロ自転車に乗るようにしているとはいえ、九十歳という年齢がだんだん重くのしかかってきている。

片手を膝《ひざ》におき、もう一方の手で目の上にひさしをつくる。太陽がオレンジ色に輝いている。その太陽と褐色の大地のあいだにある、海に似た青い帯。

空だ。

マルおばあちゃんはため息をつき、孤児院の玄関に向かった。

ここはメキシコのオアハカ。ここに来て、何年たっただろう？

新しい人生がはじまってからずっとだ。

マルおばあちゃんは玄関の扉を押した。そこには、人の出入りを阻む鉄格子《てつごうし》も鉄条網もない。孤児院といっても、せいぜい大きめの住宅という程度だ。おばあちゃんは受付係に挨拶した。

「おはよう、マルおばあちゃん。ごきげんいかが？」

「九十年という年月が、肩にも脚にもきてるわ」やさしい声で答える。でもその声は、歳《とし》のせいか、ときどきかすれた。猛獣でも人間でもなだめてしまう声だ。「あなたは？」

そのとき男の子が廊下をすり抜けていった。「こんちは《キウボ》」と挨拶する。

「こんちは《キウボ》、マルおばあちゃん」

「さっきふたりを見かけたよ」

男の子は手を振っておばあちゃんにさよならをした。マルおばあちゃんはまた受付係に目をもどした。

「中の様子はどう？」おばあちゃんの目に心配そうな色が浮かんでいる。

「とくに変わったことはないわ」受付係は愛想よくほほ笑んで答えた。

「ほんとう？」マルおばあちゃんはカウンターを中指でコンコンと二度叩《たた》いた。「子どもたちもそう思っているかどうか、たしかめてみようかしら」

教室のひとつに足を引きずっていく。歳を忘れていられるのは自転車に乗っているときだけだ。ペダルを踏んでいるあいだは、二十歳《はたち》のときの脚にもどっている。ここオアハカに来たのはその歳だった。

子どもたちの年齢はまちまちなので、自分ができること、興味があることでグループが分かれている。おばあちゃんの姿を見ると、全員が挨拶をした。教師が立ち上がっておばあちゃんを出迎え、席に案内した。

「今日はみんなにチリ風アルファホールをもってきたよ。このあたりのアルファホールとはちょっとちがうよ」

子どもたちがうれしそうな表情を浮かべた。なかには、はやる気持ちを押し殺そうとするように、すわったまままお尻をもぞもぞさせはじめた子もいる。マルおばあちゃんは、エプロンのポケットから、小さなアルファホールが二十個はいった袋をとりだした。

「甘いドゥルセ・デ・レチェがたっぷり挟まってるよ。ほしい？」

チリ風アルファホールなんて、ほとんどの子は食べたこともなかったけれど、みな例外なくうなずいた。ひとりひとり順番を守って手を伸ばす。全員分あるとわかっているからだ。たちまち口に放りこんでしまったあわてんぼうもいれば、注意深く少しずつかじっている慎重派もいた。それぞれの暮らしぶりそのままに。

子どもたちがおのおの好きなようにアルファホールを食べる様子をながめるうちに、おばあちゃんは自分とアルファホールのこれまでについて思い出した。はじめてアルファホールを食べた日のことも。

あの日、夜の帳《とばり》がおりて、雪が降ってきた。マルはせっかくのアルファホールをなくしてしまったのだ。修道女たちといっしょに村の中心へ向かう途中で、ひとり迷子になってしまったのがはじまりだった。修道女たちは、ときどき村でお菓子を売ったり、募金を集めたりするのだけれど、子どもたちを何人かいっしょに連れていってくれることがあった。マルは、パン屋のショーウィンドーを夢中でながめるうちに、一行からはぐれてしまい、通りをさまよっていた。すると、ひとりで途方に暮れているマルを見てかわいそうに思ったのか、見知らぬおばさんがアルファホールをひとつくれたのだ。マルは、自分は迷子だとは言わなかった。おばさんが立ち去るとすぐ、三人の不良少年が現れてマルを襲い、宝物を奪おうとした。少年たちはマルが修道女たちといっしょにいるところを目撃していたので、娘を守るはずの親は近くにいないと知っていた。いや、この娘にはそもそも親はいない。だからこそ、孤児院の修道女といっしょにいたのだ。少年たちにはちゃんとわかっていた。でも、ほかの娘ならおとなしく宝物を渡していたかもしれないが、マルはちがった。五歳にしてすでに人一倍負けずぎらいだった。マルがもっているものといえば、その負けん気だけ。今ようやくお菓子という宝物も手に入れたのに、それをこの悪ガキどもが奪おうとしている。こいつらは、修道女といるところを見て、あたしをみなしごだと思ってる。そう簡単には、やるもんか。でも結局奪われて、通りをさまよっているところをシスター・マリア・ソレダーに見つかり、両耳を引っぱられた。シスターはマルの両腕をつかみ、マルの肩の高さぐらいまで身をかがめた。それからじっくり観察した。

「いったいどこに行ってたの？」

「迷子になったの」

「もう二度と連れてきませんからね！」心配のあまり、シスターはそんなことを言ったのだ。「どうしてこんなに顔が汚れてるの？」マルは答えなかった。「さあ行きましょう。ほんとにもう、びっくりさせないで」

シスターはマルの手を握ると、連れ帰った。シスターはいい人だった。

夜になって雪が降りだし、マルは寝室の窓から外をながめていた。シスターたちは、夜中にベッドから出る、きまりを守らない子どもには罰をあたえる。でもマルはなにを命じられても、どんな脅《おど》しをかけられても、どこ吹く風だった。部屋にひとつしかない窓の薄いカーテンをそっと開け、外を見る。外の世界には、すてきなものが飾られているショーウィンドーがあり、お菓子をくれるおばさんがいる。でも、力ずくでお菓子を奪っていく子どももいる。修道院よりずっと楽しい場所だと思えた。

それから長い年月がたって、マルはそのころ住んでいた孤児院や村のこと（生まれた場所はチリのどこかではあるけれど、正確にはわからない）を懐かしく思い出し、その大冒険のことを思い浮かべてはにんまりすることになる。

たった二本の細道でできた迷路に迷いこんだ少女。

でも、五歳の少女の目を通すと、物事はまったくちがって見えるものなのだ。

そしておよそ八十五年たった今、オアハカの孤児院で、年老いたマルがあたたかく見守るなか、幼い孤児たちがお菓子をむしゃむしゃ食べている。

不安。笑い。お菓子のくず（ほんの少し）。物言わぬ空っぽになった布袋。隙間。日差し。黄緑色の机。愛情。


マルおばあちゃんが子どものころ――そう、もちろんマルだって昔は子どもだった――、おまえは二歳のときに救貧院の玄関に置き去りにされていたと言われた。かごの中で毛布にくるまれ、メモが一枚だけ残されていたという。マル、チリ、生年月日、両親の名。一九三九年当時、養子というのは今ほどふつうではなかったし、子どもをほしがるわずかな人たちも、マルのことは好まなかった。ひどくがりがりで、神経質な子だったからだ。

三歳ですでに、ひと筋縄ではいかない性格がはっきりあらわれていた。

十二歳のとき、すてきなショーウィンドーやアルファホール、仲間、そして人生をさがしに、孤児院を脱走した。通りをさまよい、野宿した。

逃げ足が速かったので、あまり困ったことにはならなかった。食べるために盗み、川にはいって体をきれいにした。結局のところ、人生そう悪くないと思えた。

十三歳になるまえにサンティアゴにたどりついた。大地震はまだ起きていなかった。そこには本当にすてきなものの並んだショーウィンドーがあった。それに人もたくさんいた。マルはあてもなく通りを歩いた。服も髪も汚かった。お腹がすいていた。そう、いつだって。

パン屋の入り口に、かごいっぱいの焼きたてのロールパンがあった。ほかほかと湯気が上がっているのが見え、街角においしそうなにおいがたちこめていた。とっさにいくつかつかみ、走って逃げた。放浪生活のなにがつらいかって、それは寒さだった。

どこかの家の玄関ポーチに身を隠し、パンをがつがつ食べた。きっと天国はこんな味がするにちがいない。

通りの反対側には高級ホテルが建っていた。こちら側の家やそのポーチのみすぼらしさとはあまりにも対照的だ。外のテラスに上品な服装の夫婦がいた。ご婦人は地味な紺色のスーツ姿で、スカートは膝下丈《ひざしたたけ》、上着の襟《えり》のボタンホールに小さな白い花が挿《さ》してある。紳士のほうは、きちんと手入れをした黒いひげをたっぷりたくわえ、白いスーツにクリーム色の帽子を合わせている。マルと紳士の目が合い、紳士はひげをぽりぽりと掻《か》いたあと、妻になにか耳打ちした。妻が娘を見てうなずくと、白いスーツの男は立ち上がり、通りを渡ってこちらに近づいてきた。

マルは男を慎重に観察していたが、その場を動かなかった。パンの最後の一個を口に詰めこんだところで紳士がマルのところにたどりつき、挨拶した。

紳士はウンベルト、妻はマリア・フェルナンダという名前で、メキシコ人だが、仕事でサンティアゴに来ているのだという。まもなくメキシコ・シティにもどるが、今雇っている年配のメイド、セニョーラ・エリサ（セニョーラは既婚女性に使う敬称なので、間違いなのだが、とにかくみんなそう呼んでいた）のかわりが必要らしい。マルは夫婦と自分を見くらべた。あまりにもみすぼらしいので、哀れに思ったのかもしれない。

失うものはなにもないし、このままでは遅かれ早かれよくない目にあうとわかっていたから、その申し出を受けることにした。

メキシコに到着したのは三か月後のことだった。途中、ペルーやコロンビアなどあちこちの港に寄港し、ときにはそこから列車やら、車まで使って移動して、おなじ場所に何日も滞在した。ウンベルト氏には、そういうところで片付けなければならない仕事があった。

夫婦がマルをいっしょに連れていくことにしたのは、ひとつには、マリア・フェルナンダ奥さまに付き添いをさせるためだったのかも、とマルは考えるようになった。奥さまは鬱《うつ》気味で、何時間も窓の外をぼんやりながめているようなことがあった。

マルがその理由を知るのは、それから何か月もあとのことだった。使用人仲間が教えてくれたのだ。

マリア・フェルナンダ奥さまは、長年子どもをほしがっていた。そうしてやっと身ごもったのに流産してしまい、奥さま自身も死にかけた。奥さまは一命をとりとめたが、残念ながらもう子どもはできないと医者に告げられた。それ以来、奥さまは鬱の虫にとりつかれてしまったのだという。

そんなふうに夫婦のあいだに子どもができないことが理由だったのだろう、とマルは思う。ある晩、あんなに立派な紳士に見えるご主人が、ひどく酔っぱらってマルの部屋にはいってくると、静かにというように唇に指を押し当てて見せた。マルはこれからなにが起きるのかわかったけれど、悲鳴をあげたりはしなかった。はじめてもらったアルファホールをあの子どもたちに奪われたときのように、目も口もぎゅっと閉じた。涙がそっと頰《ほお》をつたった。

ご主人が手負いの獣のように部屋から逃げていくあいだも、マルは口をつぐんでいた。それからひと晩じゅう泣いた。

翌日、赤い染みのついたシーツを洗うと、広げて干し、だれにもなにも言わずに屋敷を出た。まだ十四歳にもなっていなかった。

妊娠していた。

第二章　あの星の光はただのまぼろし

あなたが力をあたえたいと思うものだけが力をもつ

マルは、メキシコ・シティを出てから長い放浪の旅の果てに、オアハカにたどりついた。途中、プエブラ州を通りぬけ、街や田園や街道をさまよい、貧しさにあえぐ十代を過ごして、オアハカに来たときには大人になっていた。

薄汚れた部屋で、太った料理女に手伝ってもらって子どもを産み、自分の運命が一変した場所にちなんでサンティアゴと名づけた。でもそのサンティアゴも十三歳のときに家出した。どうやら十三というのは、マルの運命を定める数らしい。サンティアゴは横道にそれてしまい、マルともかかわりを絶った。実際、マルは息子がどこに住んでいるのかさえ知らない。

サンティアゴは昔から悪いことばかりしていたけれど、責められない。だって、ずっとひとりで生きてきた少女が、わが子になにを教えてやれたというのだろう？

ある朝マルおばあちゃんは、ずいぶんまえに自力で建てた掘立小屋《ほったてごや》の外で、アルファホールを売りに行く準備をしていた。オアハカに来てからというもの、マルはアルファホールを売り歩いて暮らしを立ててきた。最初は徒歩で遠くまで歩き、のちには自転車に乗って。孤児院の修道女たちがアルファホールをつくるのを手伝ううちに、作り方を覚えたのだ。

近づいてくる車が遠くに見えた。後方にもうもうと土煙を巻き上げて、家の前で停《と》まった。マルおばあちゃんは動きを止め、右手で目庇《まびさし》をつくった。

車からえっちらおっちら降りてきたのは、やはりおばあちゃんだった。古くからの友だち、フリアだ。といっても、友だちなんてフリアぐらいしかいない。遠い昔、いらなくなった自転車をくれたのもフリアだった。運だめしのために家族でメキシコ・シティに引っ越すことにしたのだ。

「フリア！」その姿を見て、マルは歓声をあげた。

「こんちは、マル」フリアが挨拶《あいさつ》した。

運転席にすわっているのはフリアの息子だ。最後に会ってから長い年月がたったけれど、見てすぐにわかった。

「ギジェルモね」マルは思わず言った。「ずいぶん大きくなったね……」

「そりゃそうだよ、マル。ひさしぶりだからね。ほら、あたしたちだって、すっかりおばあちゃんになっちゃって」

ふたりは同時に大笑いし、抱きあった。ギジェルモも車を降りて、マルにキスをした。

「お元気ですか、マルおばあちゃん。おひさしぶりです」

「まああ、男らしくなって」

自分でも家庭をもつ一人前の男だが、母の最後の長旅につきあうことにしたらしい。

「あんたがまだここに住んでいるかどうかわからなかったんだけど」フリアが言った。

「電話みたいなモダンなものをあんたがもってるとは思えなくて」

「さすが、よくわかってらっしゃる」ふたりのおばあちゃんは目を見交わして、にっこりした。

「積もる話があるだろうから、ぼくはぼくで懐かしい場所めぐりをしてくるよ」ギジェルモはほんとうにやさしい息子だ。

母親はうなずいた。マルおばあちゃんはフリアの腕をとり、小屋の壁にとりつけた木のベンチに案内した。

「会えてすごくうれしいわ。でもどうして訪ねてくれたの？　よっぽど大事な用事でしょう？　はるばるこんな遠くまで来てくれたんだから」

フリアおばあちゃんは、未舗装の道を車が遠ざかっていくのを見守っている。そのまなざしはどこか悲しそうだった。

「昇る太陽はいつも変わらない、そうだよね？」フリアの言葉にマルおばあちゃんは無言でうなずいた。「マル、話があるんだ。ああ、大事な話だよ。だからわざわざ会いに来た」

マルおばあちゃんは胸がずきんと痛んだ。これからなにを聞かされるか、予感があった。七十六年まえ、部屋にウンベルト氏がはいってきたときすでに、そのあと起きることを直感したように。

「あたしたちはもう充分長生きしたわ、フリア。おそれることなどなにもない」

「あたしなら、ぴんぴんしてるよ、マル。歳《とし》はとったけど、どこも悪くない。あたしの心配ならご無用さ」でもマルにはわかっていた。さっきのはフリアにではなく、自分にかけた言葉だった。「あたしが話したいのは、あんたの息子のサンティアゴのことなんだ。数日まえに知ったんだよ、サンティアゴはメキシコ・シティに住んでいたけれど……もうこの世にいないと」

マルおばあちゃんの目がゆっくり閉じた。ぎゅっとつぶる力はなかった。そしてしばらくそうしていた。日差しがやけに強かった。フリアがマルおばあちゃんの腕をとり、軽く握った。

「どんなふうに死んだの？」とうとうマルおばあちゃんは尋ねた。

フリアおばあちゃんは答えるまえにため息をついた。移動のあいだずっと、そう訊《き》かれるのが怖かったのだ。正直に答えたものかどうか、迷っていた。でも、古い友人に嘘《うそ》はつきたくなかった。

「自宅で見つかった。死後四日たってたんだってさ、マル……。四歳の息子が人に助けをもとめたらしい。パパがずっとしゃべらないし、動かない。それにいやな臭いがしはじめた、と」

「息子がいたの？」マルがしわがれ声で尋ねた。

「そうらしいね。あんたの孫だよ」

「で、今はどこに？」

フリアおばあちゃんはまた大きくため息をついた。

「わからない。亡くなったのは何年もまえのことだと聞いた。もう十五年ぐらいはたっていると」

サンティアゴの噂《うわさ》がずっと耳にはいってこなかったのは、そのせいもあったのだ。

やがてマルがボランティアで孤児院に通うようになったのは、それが理由だった。孫をさがしたかったからというより（どのみち、名前も顔も知らないのだ）、記憶を大事にあたため、死んだ息子の犯した罪を贖《あがな》うためだった。自分や孫みたいに親のない子どもの世話をしていると、孫本人を世話しているような気がした。そして、こう話しかけている気持ちになった。ふたりをずっと愛しているよ（そのうちひとりについてはなにも知らないけれど）、おまえたちのことを考えない日は一日もない、サンティアゴのことはもう許しているし、おまえたちをふたりとも愛しているよ、と。

マルはこんなふうに毎日を過ごし、いつか孫にじかにアルファホールを手渡せる日が来ればいいな、と思っていた。

でもその朝、いつものように傷だらけの自転車に乗って、孤児院までの十キロの道のりに出発しようとしていたさすがのマルも、運命の方向が大きく変わる出来事がこれから起きようとしていることに気づいていなかった。

フリアが、息子のギジェルモやその家族といっしょにメキシコ・シティに帰ってから、二か月がたとうとしていた。抱きあい、泣き笑いしながら、ふたりは別れを惜しんだ。ふたりが顔を合わせるのはこれが最後だと、おたがいよくわかっていたからだ。どちらの人生のサイクルも、そろそろ終わりを迎えようとしていた。だけども、こうしておたがい元気で、ほんのすこしでも楽しいひとときを分かちあえたのは、すばらしいことだった。せっかくの時間を嘆き悲しんでぶち壊しにしてしまうなんて、もったいないじゃないか！

＊

孤児院に到着したとき、院長で、マルの新しい友人でもあるアリアガさんが、見るからにあわてた様子で出迎えた。院長もマルの息子と孫の話を知っていた。

「マルおばあちゃん、急いで知らせなきゃならないことがあるの！」

おばあちゃんは、アリアガ院長とは対照的にどっしりかまえている。

「あらあら、あたしはもう走ったりできませんよ！」と芝居がかった様子で言った。

「じゃあ歩きでいいから、オフィスに来て。とてもいい知らせよ」

フリアが現れて思いがけない話を聞かされたあと何日かそうだったように、なんとなく胸がざわざわすることはあっても、それがいい知らせだろうと悪い知らせだろうと、マルの気持ちが大きく乱れることは今ではめったになかった。マルの心の中では、いいこととか悪いこととかそういう区別はもはやなくなっていた。なにかの拍子に涙を流すことはあるとはいえ。

「さて、なんの話です？　ずいぶんもったいぶっているけれど……」

マルおばあちゃんは言葉の最後をいちいち引きのばすので、文章が尻切れトンボのように聞こえた。

アリアガ院長はマルおばあちゃんに椅子を勧めた。

「サンタ・ルシア・デル・カミーノ孤児院が閉鎖されたの、知ってた？」

「いいえ、知りませんでした」自分よりはるかに年若い相手でも、丁重に受け答えするのが習慣だった。

「子どもたちをほかの施設に送ることになってね。わたしたちのところでも何人か引き受けたのよ。じつはそのときに古い記録の一部も送られてきて、ちょっと気になってぱらぱらとめくっていたら、あったの、その中に。エルメルの記録が」おばあちゃんはなんの話かわからずに、院長をじっと見ていた。「あなたのお孫さんよ、マルおばあちゃん」

「エルメル」マルはささやいた。

ずり落ちていた靴下をゆっくり引き上げる。アリアガ院長は、おばあちゃんの反応をうかがっている。

「施設を何度か変わって、最終的にサンタ・ルシア孤児院に送られたみたい。記録をよく調べてみたら、添付書類が見つかったの。少年は、当初、通りをふらふら歩いているところを発見されたという書き込みがあった。メキシコ・シティの見覚えのある住所が書かれていてね。なんだか虫が知らせたので、その家の電話番号を調べて電話をしてみたの」

「だれが電話に出たんですか？」マルは震える声で尋ねた。

「女の人だった。サンティアゴのこともその子どものことも全然知らないと答えたけど、彼女にその家を貸している家主の連絡先を教えてくれたの。さっそく電話をしてみた。最初は記憶にないと言った。それも仕方がないわ。ずいぶんまえのことだから」

「死人のことをわざわざ覚えておこうとする人などいませんよ。赤の他人ならなおさら」

マルおばあちゃんは言った。

「もうすこし粘ってみたのよ。サンティアゴがかかわっていた事件を警察が再捜査しようとしていて、あなたが家を貸していたかどうか知りたい、ただそれだけだ、とちょっと嘘をついて。相手が話を信じたかどうかはわからなかった。でも、『ああ、たった今思い出しましたよ。ずいぶんまえのことだし、最近どうも物忘れが激しくて。サンティアゴね、ええ、貸してましたよ。死体を運び出したあと、そりゃひどい臭いが残りましてね！　昔のことなんで、すっかり忘れてました』、そう白状したわ。それから、警察といざこざを起こしたくないし、詮索《せんさく》されるのもごめんだと最後に釘《くぎ》を刺された」

そこまで話したところで、アリアガ院長はしまったと思った。こんなこと話さなければよかった。サンティアゴがどんなふうに死んだか思い出させるなんて、おばあちゃんに酷なことをしてしまった。

マルおばあちゃんは黙りこんでいた。息子の悲惨な死がきっかけで、アリアガ院長が孫のエルメルまでたどりついたのだ。そうでもなければ、孫のことを知るすべはなかっただろう。不幸のさなかにいても、希望の光は見つかるものなのだ。

「それで孫は見つかったんですか？」マルは尋ねた。

「いいえ、まだ。でも、どこから始めればいいかはわかっている。名字がなかったから、エスポーシトと名づけられたみたい。記録にそう載っている」マルおばあちゃんは目に涙を浮かべて院長を見つめていた。きっと出生届が出されていなかったのだろう。親のわからない子に名前をつけなければならないとき、「捨て子」を意味するエスポーシトという名があたえられるのがつねだった。「サンタ・ルシア・デル・カミーノ孤児院で雇われていた人に電話をしたの。その子のことを覚えてたわ。十三歳のときに脱走したそうよ」

マルは身震いした。またおなじ不吉な数だ。

「それで、今はどこに？」

「まだわからないの。でも、出発点には立った。そう思わない？」

「なんてご親切なんでしょう」マルはすこしだけがっかりしていた。

「マルおばあちゃん」アリアが院長はマルの手をとって言った。「いっしょにお孫さんをさがしましょう」

「ありがとうございます」マルはつぶやいた。

第三章　旅の準備をしよう。荷物は軽いほうがいい。あとは心の声に耳をかたむけるだけ

信念をもつと励みになるかもしれないが、実行に移してはじめてあなたは解放される。

エックハルト・トール

マルおばあちゃんは地平線を見つめていた。朱色の空に、最初の朝日がさしこみはじめた。

その晩はどうしても眠れなかった。あれこれ考えていると、それが実際に起きたことかどうか、だんだんわからなくなってくる。息子のことを考え、孫の顔を想像した。朝日が、マルが待ち望む答えをあたえてくれるのを待った。

このあいだ旧友のフリアとおしゃべりをした木のベンチにすわり、壁に背中をもたせかけて、心の迷いにけりがつくのを辛抱強く待った。

孫を見つけるのを手伝うというアリアが院長の言葉は、純粋な親切心からだとわかっていた。自分で見つけるには、マルは歳《とし》をとりすぎている。でも、ひとりでやるべきだという気持ちもあった。環《わ》を閉じなければならない。自分の人生の環を。

そうしてはじめて、心やすらかにこの世から旅立てる。

「野宿をしながら旅をしたのはずいぶん昔のことね。まだほんの子どもだったよ」とつぶやく。「もう一度やってみようかしらね」

問題は、どこからはじめていいかわからないことだった。名前ひとつでは、ほとんど手がかりにもならないけれど、黙ってじっとしていることも、待ちつづけることも、もう一秒だってできない。なにを待っているのかわからないまま、こうして待ちつづけ、もう一世紀近くになるのだ。

今ようやくはっきりした。この瞬間を待っていたのだ。

それに、これまで何度となく人生を導いてくれた〈ヒント〉を、また見つけられると信じていた。この大地の上で生きていけるよう、今までずっと正しい方向を教えてくれたおなじ道しるべが、今こそまた旅に出るときだとマルを励ましている。時間をあやつるのはじつは人間自身であり、何歳になったらこうすべき、とあらかじめ決まっているわけでも、厳密に期限が切られているわけでもないのだ。いつ、なにが、どんなふうに起きるか、どうしてわかる？

天に身をゆだね、みずから輝く星のいきいきした光の導きをたどること――出発を決断するのはマル自身なのだ。

もう十三歳になるまえに孤児院を飛びだしたあの女の子ではない。父親のいない息子を抱いてオアハカにやってきたあの娘でもない。結婚していないことや、ふつうの人ならだれもが楽しむ娯楽や趣味を経験すらしていないことを嘆かず、贅沢品《ぜいたくひん》や便利な道具をうらやましがることもなく、太陽と月の出入りに合わせて日々暮らしていただけのあの女でもない。

なにも所有せず、決まった考えや判断、欲求を捨て、心を乱す感情から自由になり(ただしサンティアゴの記憶や、エルメルに会いたいという今の気持ちは別だ)、日光や大地の脈動、鳥の歌声、回る車輪、大空——そういうもので心を満たして生きてきた。

日々は目の前を過ぎていき、マルがすることといえば息子を懐かしむことぐらいだった。その息子のことさえ、フリアが訪ねてくるまでは、イメージが浮かぶわけでもなく(第一、人生の終盤にサンティアゴがどんな姿をしていたのか知らないのだ)、懐かしいという感情がわくだけだった。そもそも、五十代が終わるころには、文章やイメージが完全な形で頭に浮かぶことがなくなった。文は尻切れトンボ、イメージはぼんやりして細部がはっきりしない。

やがて頭の中には、単純になにも姿を見せなくなった。

自分の意思とは関係なく、じっとしているか体が動いているか、習慣でそれがただ交互に入れ替わるだけの毎日。

マルおばあちゃんにとっては、考えること、行動すること、感じることがひとつになった。どれもおなじだった。

　かといって、なんの感覚もなく動きもしない、木彫りのアヒルになってしまったわけではない。いや、むしろ正反対だ。疑いや悪感情をもつこともあれば、思い出したくないことを思い出したり、涙を流したり、胸がずきんと痛むこともある。息子が死んだことと孫がいることを知ったときがそうだった。でもそれを個人的なこととはとらえない。

　考えや感情は来ては去り、自分のものだとは思えなかった。考えや感情は、どこか別のところに向かう途中で自分を通過している、そんな気がした。そして、それをわざわざ引き留めようとは思わなかった。

　自分も、自分が愛したものも憎んだものもすべていつかは消え去り、そのあとも地球はなにもなかったように回る――理屈ではなく、時とともに自然にそう理解して以来、恐怖も期待もなくなった。なにがあっても、大丈夫。それが神の思《おぼ》し召《め》しなのだ。ずいぶん昔に神を信じるのはやめてしまったけれど、神の叡智《えいち》は信頼している。

　マルが信仰をもっていてもいなくても、あまり関係ない。神がこうと決めたらなにがあってもそうなるからだ。だから、天はかならずヒントを送ってくると信じて生きている。たとえば、ここに留《とど》まるべきか、九十歳という年齢をものともせずにおんぼろ自転車で何百キロという距離を走るべきか、について。

　ある段階から別の段階へ、あるヒントから次のヒントへ変化するのに、どれだけ時間がかかるかはどうでもいいことだ。結局のところ、旅はけっして終わらない。

こんなふうに静かに根本から変化する過程は、長い年月をかけてゆっくりと進む。それはきちんとした事前の計画に沿ったものではなく、自然な流れの中でいつのまにか偶然に起きる。実際、もしだれかがそういうマルの進化についてひとつひとつ説明しようとしたら、マルはそんな大がかりなことは理解できないとばかりに肩をすくめ、にっこり笑ってアルファホールを手渡すだろう。

一世紀近い日々を生きてきた今になって、おまえはもう一度動きださなければならないと人生はマルにささやいた。おんぼろ自転車に姿を変えた風の馬にまたがって疾走し、孫をさがす旅に出るのだ。

必要なのは、ものを見るための目と、音を聞く耳と、感じとるための心だけ。

マルおばあちゃんはすでに心を決めていた。

そのときは、この旅で人生がまったく別のものに変わってしまうなんて、思ってもみなかったのだ。

*

どこかで鳥が啼《な》いている。マルおばあちゃんは、自分で後ろの〈助手席〉にくくりつけた木箱に入れた、分厚い毛布に触れた。前には、ハンドルの根元に柳かごが固定してあり、中にアルファホールがたくさんはいっている。自転車の色はターコイズブルーで、今ではだいぶ褪《あ》せているけれど、新品だったときのあざやかな色が想像できる。

マルおばあちゃんは前方を見据えた。あとはペダルを踏むだけだ。一度、もう一度、そしてまた一度。そうして、それがどこにしろ、目的地に着くまでペダルを踏みつづける。なにか起きるかもしれない――たとえば自転車がこわれる――とか、あぶない目にあうかもしれないとか、そういうことは考えない。頭の中は孫を見つけるという目標だけでいっぱいで、ほかにはなにもはいる余地はなかった。

あてもなく走りだすまえに、食料を買うことにした。

読み書きはできないけれど、アリアガ院長を心配させたくなかったので、メモを残すかわりに、エルネストさんの店に寄って必要なものをすこしだけ買い、アリアガ院長に伝言を頼もう。何日か留守にするけれど、どうか心配しないで、と。

すれちがう人はみな、自転車を漕《こ》ぐマルおばあちゃんに挨拶《あいさつ》した。おばあちゃんも手を振ってにっこり笑い、挨拶を返す。

自転車を漕ぎ、人を愛し、ほほ笑む。生まれてから死ぬまでのあいだにするべきことといったら、それだけだ。マルおばあちゃんはそう考えていた。

ほかのことはそのあとだ。

「それで、どこに行くんだい？　訊《き》いてもいいのかわからないが」

「もちろんかまわないわ、エルネストさん。孫に会いに行くの」

「へえ！　あんたに孫がいたなんて知らなかったよ」

「じつはいたのよ」おばあちゃんはにっこりした。「だから会いたいなと思って」

「自分でアリアが院長に挨拶すればいいのに」

「ちょっと急いでいるものでね。ずいぶん顔を見ていないから、無性に会いたくなって」

「急いでるだって？」店主は噴き出しそうになった。「あんたがそんなこと言うの、はじめて聞いたよ！」

「びっくりでしょ？」

エルネストはあたたかいまなざしでマルを見て、ショーケースに両腕をついた。

「じゃあ気をつけて行ってらっしゃい、マルおばあちゃん。帰りを待ってるよ」

「ありがとう、エルネストさん。よい一日を」

「ありがとう」

通りに出ると、おばあちゃんはなかば目を閉じて大きく深呼吸した。そうすれば、向かうべき道が頭に思い浮かぶとでもいうように。ところが目を開けたとき、視界に飛びこんできたのは、ひとりの子どもを三人がかりで袋叩《ふくろだた》きにしている場面だった。

攻撃している三人はいい身なりをしていた。すくなくとも、清潔な服を着ている。でも、地面でもがいている子どもは、すりきれて少々きつすぎる、映画『ライオン・キング』のシャツと、ぴちぴちの半ズボン姿だった。

子どもたちのひとりがその様子を携帯電話で録画しているのにマルは気づいた。子どもがそうやっていじめの現場を撮影するということを、マルも知っていた。

マルはすぐさま自転車を降りて店の前に立てかけ、思いどおりにならない脚でできるだけ急いで四人に近づいた。

「ちょっと、なにしてるの？　どうしてその子を殴ってるの？」

「ばあさん、さっさと失《う》せな」いちばん背の高い少年がすごんだ。

「なんですか、その口の利き方は？　老人は敬《うやま》うものよ」

「このくそ野郎にものを盗まれたんだ」別の子が言った。

「嘘《うそ》だ！」地面に転がっている少年が金切り声をあげた。「それはぼくのだ！」

やけに見覚えのある光景だった。

「そんなふうにひとりを三人でよってたかっていじめるなんて、感心しないね。それに、なんのために撮影なんかしてるの？」

「だまれ、ばばあ。それとも、ネットで有名になりたいのか？　スーパーおばあちゃん対子どもたち……さて、どっちが勝つかな？」

「お行儀がなってないね。恥ずかしくないの？」

倒れていた少年が隙《すき》を見て立ち上がり、逃げようとしたが、いじめっ子のひとりにまた押し倒された。

「すぐにエルネストさんを呼んでくるよ」マルおばあちゃんが言った。

「あの店のじいさんのことか？」別の子が言った。「ああ、呼んでくるといい。ついでにジュースをもってこいと言ってくれ……」

「じゃあ、こっちに来い。そんな強がりがいつまでつづくかな」

そのとき、低い、とどろくような声がして、いじめっ子たちは一目散に逃げだした。マルおばあちゃんは声のしたほうに顔を向けた。たぶん身長が二メートル以上はある、筋肉隆々の二十代なかばぐらいの男が近づいてきた。

「大丈夫ですか？」男はマルに尋ねた。

「ええ、もちろん」

「君は？」男は少年に手をさしだした。

情けは無用とばかりに、少年はその手を拒み、自分で立ち上がった。握りしめた手になにかもっている。

「あの腰抜けども、なにをほしがってたんだ？」と若者が尋ねる。

少年は無言で手を開き、その大男に宝物を見せた。若者はごく慎重にそれを受け取ると、じっくり見た。ぼろぼろのポケモンカードだ。若者はとてもやさしい笑みを浮かべた。これほどの大男がこんな笑顔を見せるなんて、なんとも不釣り合いだった。大男は少年の頭を撫で、それ以上なにも言わなかった。

「助けてくださってありがとうございます」少年は涙をこらえて走り去った。

「いいんですよ。こういうの、悲しいことですよね。あれは、近所に住むビクトルって子なんです」『ライオン・キング』のシャツを着ていた少年のことだ。「母親はずいぶんまえに家を飛びだし、父親は酒浸り。いつもほかの子にいじめられている。自分が小さいときのことをなんだか思い出しちまって」若者はそこで言葉を切った。「それにいじめっ子連中のことも」

「どういうこと？」

「ぼくは孤児院で育ち、いつもいじめられてたんです。その後、施設を出たとき、自分は人一倍、体が大きいことに気づき、身を守る方法を覚えたかったこともあって、ボクシングをはじめました。ところが、たまっていた鬱憤が爆発したせいか、がむしゃらな復讐心のせいか、人に認められたかったからか、ぼくをいじめていた連中とおなじような人間になってしまった。ええ、まさに彼らみたいな人間にね。馬鹿だと思いませんか？　自分がされたよりはるかに強く激しく他人を殴るようになっただけだった。それで気づいたんです。暴力ではなにも解決しないと。ああ、すみません」大男は自分に待ったをかけた。「ぼくの話なんか聞いても退屈ですよね」

若者が立ち去ろうとしたので、おばあちゃんはその腕をつかんだ。

「待って、今の話、すばらしいわ。昔のあなたみたいにつらい思いをしている子どもたちを助けようとは思わない？　あなたのように勇ましく心やさしい人間こそ、世間は必要としているんですよ」

「ぼくになにができるっていうんです？」

「すぐ近くにある孤児院のアリアガ院長を訪ねるといい。あたしの代役だと言ってちょうだい。自分の生い立ちと、今日起きたことを話すの。そしてあのかわいそうなビクトルに会ったら、話をしてやって。這《は》い上がることはできる、と。まず自信をもつこと。愛を見つけるにはそれしかない。とにかく一歩踏みだすの。過去なんて関係ないわ。ひたすら前に進むだけよ」大男はこちらをじっと見ている。「じつはね、孫をさがしてるの。その孫も孤児院にいたんです。まだ会ったことはないし、どこにいるかもわからないけれど、あたしから最初の一歩を踏みださなきゃならないとわかってた」マルは包み隠さず話した。

「どの孤児院で育ったか、訊いてもいいですか？」

「サンタ・ルシア・デル・カミーノよ」

ボクサーが目を見開いた。

「ぼくもですよ！　お孫さんの名前は？」

偶然すぎるとは思いもせず、マルおばあちゃんはにんまりした。物語のエンジンが動きだしたとわかった。歯車はすでに回りだしたのだ。

「エルメルというの。エルメル・エスポーシト」

「エルメル！　たったひとりの友だちでしたよ！　ぼくのほうがすこし年上だけど……すばらしいやつだった……」

「今どこにいるか知らない？」

大男の表情がくもった。

「お力になれずすみません。ずいぶん昔のことなので。あいつが孤児院を飛びだしてから、交流がなくなってしまって。でも、覚えていることがあります。あいつはいなくなるまえに……」ふいに口をつぐむ。「脱走したとき、十三歳だったと知ってました？」マルおばあちゃんは無言でうなずいた。「いなくなるまえに、ベラクルスに行きたいと言っていた。理由はわかりませんが」

「ありがとう。とても助かりました」おばあちゃんはにっこりして言った。「なにもかも感謝しています」

自転車に近づこうとしたとき、大男がこちらをまじまじと見ているのに気づいた。

「それに乗っていくつもりですか？」

マルおばあちゃんは額の汗をぬぐってから答えた。

「ええ。見かけによらず、健脚なんです。自転車に乗ると若返るの」

「気をつけてくださいね。だれも付き添いがいなくて、ほんとうに大丈夫ですか？　なんならぼくがお連れして……」おばあちゃんは手を振って相手の言葉を封じた。「危険だってことは承知のうえですよね」

「こんなふうに、いつだって親切な人が力を貸してくれるものです。びくびくしてばかりいたら、生きていけないわ」

ボクサーはうなずいた。おばあちゃんの理屈になんとなく合点がいった。

「エルメルに会ったら伝えてください。脱走するまえに君に貸したものはもう返さなくていいと、フランシスコ・ハビエルが言っていたと」

「いったいなんのこと？」

「ポケモンカードの一枚です。もう見つかったからと伝えてください」おわかりでしょ、というように横目でおばあちゃんを見る。

おばあちゃんはなんのことかわからなかったが、ハビエルをちらりと見て、もう一度にっこりした。

ポケモンね。

第四章　おばあちゃん、自転車で世界を旅する

究極の知恵とは、追いかけるあいだに見失わないよう、特大の夢を持つことである。

ウィリアム・フォークナー

親切なボクサー、フランシスコ・ハビエルは、ベラクルスに行くなら、ラ・ベガ・デル・ソル、カメリア・ロハ、ティエラ・ブランカ、エル・モラリート、ボカ・デル・リオという町や村を通っていくルートがいいと教えてくれた。エルネストさんから紙をもらって、わざわざ道順を書いてくれたが、マルおばあちゃんは全部頭に叩《たた》きこんだ。だって字が読めないものだから。

だからといって、ウィーンの哲学者ルートウィヒ・ウィトゲンシュタインの「世界とはあくまでわたしの世界である」という言葉の正しさを、おばあちゃんがたしかめるのをやめたかというと、そんなことはなかった。ウィトゲンシュタインなんて人、おばあちゃんは存在すら知らないとはいえ。

ベラクルスに向けて自転車を漕《こ》ぎながら、マルおばあちゃんは自分の目的について考え、絶対に大丈夫だと確信した。目的は孫を見つけること。でも、かならず見つかるとわかっ

ていた。頭の中ではもうハッピーエンドが見えていたのだ。今はただ、旅を楽しむだけ。

これまでの人生のあれこれを思い出し、そのときの気持ちや考えが浮かんでは消えたけれど、留《とど》めておこうとはしなかった。

そうして浮かんできた考えにこんなものがある。「人が生まれてから死ぬまでにすることは、じつはふたつしかない。愛をあたえることと愛を求めることだ。ほかはその変化形でしかない」。問題は、愛と恐怖という人間のふたつの大事な感情を、混同する人があまりにも多いということだ。

気のいいボクサー、フランシスコ・ハビエルが典型的な例だ。胸の奥に巣食う恐怖を軽くしたくて愛を求めるあまり、力にものを言わせて弱い者いじめをする人間になってしまったハビエル。でたらめなやり方だけれど、そもそも世の中そのものがおかしくなりつつあるのでは？　ハビエルはほしいものを無理やり手に入れようと、腕っぷしと脅《おど》しに頼った。さいわい、愛がほしいなら、親切や思いやり、やさしさを示すことこそ大事だとやがて気づいた。

世の中は今そういう人であふれている——本当に悪意があるわけではなく、混乱や無知のせいで望ましくない行動をとってしまう人たち。でもそのせいで、自分自身も、まわりの人たちも、つらい思いをすることになる。

マルおばあちゃんは、もうずいぶんまえに、あの人はいい人だとか悪い人だとか、勝手に判断するのをやめた。

信頼や好意のしるしとして、まずこちらから歩み寄ることが大切だと、経験から知っていた。マルおばあちゃんはみんなに好かれているから、いつだって人からやさしくされ、いざとなれば守ってもらい、困ったときにパンをくれる人にも事欠かない。まわりの人たちのおかげで生かしてもらっていると考えれば、自分はダイヤモンドみたいな宝石に囲まれているようなものだ。おばあちゃんはそんなふうに思う。

アルファホールがなぜ好きかといって、どんなに時がたっても、過去に会った大切な人たちの顔を思い出させてくれるからだ。そして、わたしたち自身とその人生が、すべてのものとすべての人をつなげる永遠の鎖をつくりだしているのだ、と教えてくれる。人生という名の終わりのないダンスを踊りつづけるわたしたち。そのダンスこそが、「わたし」という中央管制室で過去と現在と未来を結びつけている。中央管制室は現在しかながめることができない。だが、現在とはすなわち永遠にほかならないのだ。

過去や未来というほかの時制はただの幻想だ。部分をいくら集めてもしょせん全体にはならないように、時間という概念では、永遠はとらえきれない。

それにアルファホールはリアルな現実でもある。人に暴力をふるう動画を観《み》て感じるような、実体のない感覚とはちがう。若者の中には、すぐに反応が知りたい、つかのまのつまらない承認でもいいからほしい、という理由で動画を撮る者がいる。そう、愛がほしくて。

マルおばあちゃんのアルファホールは、人間の地道な手仕事が生む、しっかりした本物の味がする。工場でつくられた代用品ではそうはいかない。おなじことが人生のほかのことでも言える。

今はじめたばかりの旅も、アルファホールと要はおなじだ。列車に乗ったり、だれかに車で送ってもらったりしたとしても、旅の結果は変わらないって？　でも、そうして自分の脚を使わずに行けば、旅の重みがどんどん減ってしまっただろう。

十キロ少々走ったところで、おばあちゃんはひと休みすることにした。ふだんは一日に三十キロは走っていたから、ベラクルスには二週間もあれば着くだろうと計算していた。野宿するのは怖くなかった。金目のものなど持っていないし、顔も体も皺《しわ》だらけだ。だれも見向きもしないだろう、ありがたいことに。

ただ純粋に輝く星々をまたながめるのはとてもすてきだろうし、若かりしころの自分や息子のサンティアゴのことを思い出して、あたたかな気持ちになるかもしれない。

なにもない荒野で旅を中断し、自転車を木に立てかけてから前方を見た。静まりかえっている。ひどく暑かった。マルおばあちゃんは自転車にくくりつけた柳かごから水筒をとりだし、軽く水を飲んだ。

そのとき赤ん坊の泣き声がして、びくっとした。あたりを見まわしたけれど、なにも見えない。空耳かしらね、と思う。
でも、そうではなかったのだ。

第五章　いつまでも生まれたばかりの赤ん坊みたいに

現在という時制が見せてくれるものはとても特別で、さながら魔術のようだ。じつはわたしたちにあるのは、この現在という時制だけなのだ。

ジョン・カバット・ジン

相手はすぐ近くの灌木《かんぼく》の陰にすわっていたので、最初はマルおばあちゃんのところからは見えなかったのだが、そこに少女といってもいい若い女性がいて、赤ん坊を抱いていた。

「こんちは《キウボ》」と声をかける。

娘は応えず、腕の中の赤ん坊に目を落とした。

マルおばあちゃんは初潮が来たときのことを思い出した。こことおなじような荒野だった。ウンベルト氏と妻のマリア・フェルナンダ奥さまと出会う数か月まえのことだ。修道女たちはなにも教えてくれなかったので、ウンベルト氏のところでメイドとして働きだしてはじめて、おなじ使用人仲間から聞いて、それは病気でもなんでもないと知った。

「どうしたの？　なにかお困りかしら？」すこしずつ距離を縮め、すぐそばに来たところで娘の肩にそっと触れた。「かわいい赤ちゃんね」

「マリーナっていうの」

「名前もかわいいね」マルおばあちゃんは空を見上げた。まもなくもっと暑くなるだろう。

「どこに行こうとしているの？　余計なことかもしれないけれど」

　こんな年寄りだし、見て見ぬふりをしたって許されると自分でも思う。だいたい、寄り道をしている暇などないはずだ。他人の人生に首をつっこむ気はないのだが、さすがにこの暑さは赤ん坊にはこたえるだろう。

　娘は返事をしなかったけれど、マルにはどうでもいいことだった。なんとなく想像はついていた。

「あたしもそこの出身なのよ」マルは先手をとった。「子どもの面倒をよくみてくれるところだけれど、ママの愛情に勝るものはないわ」

「どうしてわかったの？　あたしがしようとしてたことを」

「ええ、すぐにわかりましたよ。それに、そのかわいい子をあそこにおいていったらどうなるかってこともわかります」

「あたし、許してもらえるかな？」

「それはどうでもいいことよ。大事なのは、自分で自分が許せるか」

　娘はうつむいた。

「この子の父親がだれかはわからない」マルおばあちゃんは娘をじっと見ていたが、まなざしに非難の色はなかった。「たくさんの男とつきあっていたから。愛がほしかったの。けど、そんなやり方しかできなかった……」

「あなたのご両親は？」娘の告白を聞いて、おばあちゃんはそう尋ねた。

「パパもママもあたしの妊娠のことは知らない。何か月もまえに家出したの。たとえ打ち明けても、わかってもらえなかったと思う。それにうちはとても貧乏だから、どのみち助けてくれなかったはずよ」

マルおばあちゃんは目をなかば閉じ、それから口を開いた。

「じゃあ、あなたがご両親を助ければいい」娘は眉を吊《つ》り上げた。「家に帰ることが、ご両親を助けることになる。きっと手をさしのべてくださるわ。わが子が急にいなくなったときご両親がどう思ったか、考えたことがある？　子どもを失ったときどんな気持ちがするか、想像できる？　あなたがこれからしようとしていたことを、非難するつもりはありませんよ。ええ、ほんとうですとも。それに、もしあなたがマリーナを手放さなかったらどうなるか、それもあたしには保証できません。でもひとつだけ言えるのは、母親はわが子をけっして忘れないものだし、失えばひどく苦しむ。あなたのほうからご両親に歩み寄ってごらんなさい。助けてほしいと頼むの」

「パパとママになにができるっていうの？　ふたりとも一文無しなんだよ」

「あのね、わが子にできるだけのことをしようと、やりたくもない仕事のために毎日駆けずりまわっている人を大勢知っている。でも困ったことに、そういう人たちの考える〝できるだけのこと〟っていうのはお金で買えるもののことなの。子どものそばにいてやる時間はなく、やっと時間ができても、もうへとへとで、ソファーでぐったりしてテレビを観《み》たり、携帯をながめたり、お酒を飲んで気晴らししたり、よくても体を休めることしかできない。

子どもたちがほんとうに必要としているのは、愛情や自由、信頼感、安心感、そばに寄り添ってもらうことなのに。子どもが求めているのはそれだけ。どれひとつ、お金なんてかからない」

娘は赤ん坊を見て、おずおずと笑みを浮かべた。

「生まれたばかりの赤ん坊にもどりたいよ。どんな心配事からも解放されて」

おばあちゃんはにっこりして、娘の腕をさすった。

「じつはいつだってもどれるんですよ。とても簡単なこと」娘は目を丸くしておばあちゃんを見た。「二匹の猫が喧嘩《けんか》をしているのを見たことあるかしら？　喧嘩がすむと、猫はそれぞれわれに返り、喧嘩をしたことなど忘れてしまう。五秒後にはじゃれあいはじめる始末。人間みたいにあれこれ悩んだりしない。『あのいじめっ子がまた舞い戻ってきたらどうしよう？』とか『喧嘩をしたきっかけは何だったんだ？』とか。

赤ん坊や子どもだって人間は人間だけど、そういうところはこの猫たちとおなじなの。

過去や未来のことなど気にせず、今を生きている。過去も未来も意識にないから。コップもお金もかまどの火も、なんの役に立つのか赤ん坊は知らない。コップやお金や火でなにができるのか、見当もつかない。なにを見てもいつだって新鮮」

「経験がすくなければそれだけ純粋だから、自由だってこと？」

「あたしたちはみんなそうだけど、この世界に来たときには真っさらな状態で、なんのお荷物も、覚えた教訓も、不安も、限界もなく、その日その日を生きることを邪魔するようなものはなにももっていなかった。もっとわかりやすく言うと、将来起きることを心配せず、すでに起きてしまったことにもくよくよせず、そのときそのときを生きることができるの。

生まれたときに両腕と両脚、目はもっていても、特別な物の見方や信念なんかもっていなかった。手足や目はそこにたしかにあるものだけれど、信念やらなにやらはあたしたち自身が勝手につくりあげたり、あちこちからとってきたりしたものなの。あれやこれや、適当にね」

新米ママはだんだん笑顔になってきた。

マルはつづけた。「あたしも遠い昔に息子を失ったの。息子は姿を消し、そのあと死んでしまったから、息子のことはなにも知らないまま。そのうえ、あたしは両親がだれかも知らず、なんでも自分で覚え、ひとりで生きていかなければならなかった。あたしは息子を失った。そのときはまだ生きていたとはいえ、ね。それ以来、あたし自身もすこしずつ失われていった。そこにできた穴はどんどん大きくなっていき、とうとう、あたしっていったいなんだろうと思うようになったの。どこから来たかもわからず、どこに行くかもわからないなら、あたしはだれなの？　あたしって、いったいなに？

何年もたってから、クマは、自分がクマだと知らなくてもクマじゃないか、とあたしは気づいた。クマだってだけで、もう充分。おなじことがあたしたちにも言えると思うの。信念や経験、はっきりした目標がなければ、ただの混乱《カオス》だと人は考える。あたしたちは混乱が怖い。混乱って正体がわからないし、過去の経験をひとつにまとめる自分というものがなかったら、頭がどうかしてしまうと思いこんでいる。自分が自分でなくなるばかりか、なにものでもなくなってしまう、と。

そんなことはない、と気づいたのよ。あたしたちの行動や考えはあたし自身とは無関係だと。過去も、現在も、未来もね。むしろ、行動や考えはほんとうの自分とは別の方向に人を導いてしまったり、本来の自然な『あたし』から遠ざけてしまったりする。

心はあたしたちのことをよく知っていて、もっと自分さがしをしろとせっついてくる。そして、せっせとヒントを送ってくる。心はそうやって、結果をすでに知っているゲームをプレーしているだけなの。そう、あたしたちがこの世界に足跡を残すのは、ここに存在していること、それだけが理由。大事なのはここに存在していることだけであって、ほかにはなにもいらない。あたしたちは最初から、天がさだめた『大いなる計画』の一部なの。自分にどんな役割があたえられているかなんて、だれも知らない。心が送ってくるヒントだって、結局は天が送ってきたもの。自分の役割を知る役には立たないの」

娘は途中でさえぎろうともせずに、熱心に耳を傾けていた。娘が赤ん坊を抱く腕にしだいに自信がみなぎり、愛があふれだしたことにマルおばあちゃんは気づいた。

「あなたとあたし、小さなマリーナはたまたまここにいるだけだと思っているでしょう？今日ここであたしたちが出会ったのは偶然だと？　何年も会っていなかった人のことを思い出し、その日にばったり会うなんて、そんなことがあるかしら？　あたしぐらい長く生きていると、この世に偶然なんてないとわかるのよ」

「なんて言っていいかわからないし、あなたにどう感謝していいかもわからないよ、マダム……」

「みんなあたしをマルおばあちゃんって呼ぶよ」

「マルおばあちゃん、どうもありがとうございました」

「こちらこそありがとう、お嬢さん。お名前は？」

「エスメラルダ」

「遠くから来たの？」

「ベラクルスの近くから」

おばあちゃんはほほ笑んだ。世界には、どんな答えでも出してくれる仕組みがある。そして、そのスイッチを入れるのは、じつはとても簡単！　こちらからあたえ、こちらから愛すること。目や耳や心を開き、先入観を捨てること。

「じつはこれからベラクルスに行こうとしているの」マルおばあちゃんは言った。「息子のサンティアゴが死んだと、ついこのあいだ知らされて」エスメラルダがお悔やみを口にしようとしたが、おばあちゃんは手ぶりでそれを止めた。「息子にも息子がいたということも、そのときはじめて知ったの。孫のエルメルだよ。会ったことはないけれど、さがそうと思ってね」

「エルメル……」エスメラルダがそうくり返し、考えこんだ。マルおばあちゃんがそわそわしはじめ、エスメラルダもそれに気づいた。「心配しないで。つきあっていた男たちのひとりじゃない。エルメル、父親はサンティアゴ。ずいぶん昔の知り合いよ。もってた小さなアルファホールを不良たちにとられそうになって、そこに現れたエルメルが助けてくれたの」

ふつうなら、こんなに偶然が重なったらマルおばあちゃんだって驚いただろう。でも、ふつうの状況でないことははっきりしていた。これだけ偶然がつづくのは、運命が送ってきたヒントだとしか思えなかった。

「おしゃべりをしたわ」娘はつづけた。「エルメルは、孤児院を脱走してベラクルスを目指したと言っていた。お母さんを知らずに育った彼は、そのお母さんがベラクルスにいるらしいとだれかに聞いたって。そうよ、エルメルは母親をさがしていた」

　マルおばあちゃんは無言のまま、ひそかに涙を流していた。それはゆっくりと頬《ほお》を伝っていった。

「ありがとう、エスメラルダ。こんどはあたしのほうがあなたに借りができたね」

「じゃあ、これで貸し借りなしだね」娘はそう言って、意味ありげにウィンクした。

「とにかく、最後にひとつアドバイスをさせてちょうだい。将来、あなたにもマリーナにも役立つことだよ。マリーナが興味をもったように見えたこと、それも一瞬ではなく、引きつづき興味をもったことを全部書き留めておくこと。マリーナが楽しいと思うことをすべて——おもちゃのブロックで建物をつくること、料理をすること、人形とお医者さんごっこや先生ごっこをすること、踊ること……なんでもいいからメモしておく。いつか、マリーナにも進む道を決めなければならない日が来る。そのとき、なにをめざしたらいいか、決める方法はただひとつ。それをしていて楽しいかどうか、なの。

　少女から女になるとき、それが大人の世界の扉を開ける最初の一歩よ。そのとき、子どものころマリーナがどんなことを楽しんでいたか、教えてあげるといい。『小さいときは宇宙飛行士になりたかったんだ』とか言う大人は多いけれど、じつはたいてい星なんて長いこと見ていないし、子どものころにロケットをつくろうともしていない。そういう作り話って、自分がほんとうに楽しんでいたことを仕事として選ばなかった、その事実と向きあうのを避けるための言い訳なの。

娘に選ぶ自由をあたえ、残りの人生を幸せに生きるチャンスを提供できれば、親から子へのプレゼントとして、それ以上すてきなものはないよ。だって、あなたが記録を見せてやれば、マリーナが脳みそも心もまだ純粋で、なにからも影響を受けていなかったころに、またもどれるんだから。その道を選ぶかどうかはマリーナしだいだけど、子どものころの自分をマリーナに思い出させてやることが大事なの。たぶんもう忘れてしまっていた、自分の好奇心がはじめて芽生えたときのことを、思い出させてやることが、ね」

すると、こんど涙をこらえられなくなったのはエスメラルダのほうだった。

「ありがとう、マルおばあちゃん」

「泣かないで、お嬢さん」おばあちゃんはそう言って娘の肩を抱いた。「あたしもあなたに渡すものがある。きっといい思い出になるはずよ」

おばあちゃんは立ち上がり、のろのろと自転車に近づいた。かごの中をごそごそとさぐると、母親と赤ん坊のところにもどった。

「さあどうぞ。アルファホールよ。でもこれはチリ風アルファホールなの。ここメキシコのとはちょっとちがう」

「わあ」エスメラルダは涙と鼻水で顔をぐちゃぐちゃにしながら笑った。「おばあちゃんとおばあちゃんの家族のおかげでアルファホールをおいしくいただけるのは、これで二度目だね」

マルおばあちゃんはエスメラルダの額にキスしてから立ち上がり、別れの挨拶《あいさつ》をした。

「ご両親のところにおもどりなさい。きっとわかってくれますよ。そして忘れないで。生まれたばかりの赤ん坊みたいにいつまでも純粋でいたいなら、つねに愛しつづけること、そしてなにごとも頭から決めてかからないこと」

娘はほほ笑み、おばあちゃんは旅を再開した。

第六章　蜃気楼《エスペヒスモ》――現実みたいに見えるが、どんなに近づこうとしても近づけない

人間の知性のあらわれとして最も高尚な形は、相手を裁かずに見る能力である。

ジッドゥ・クリシュナムルティ

〈エスペヒスモ〉

「エスペホ（鏡）」に、状況をあらわす男性名詞の語尾「イスモ」を加えた語。

1. （名詞）蜃気楼《しんきろう》。密度の異なる空気の層を光が通過したときの全反射が原因で起きる、目の錯覚。遠くのものが近くに見えたり、逆さに見えたりする。

2. （名詞）幻覚（現実ではない概念あるいはイメージ）。

砂漠を旅し、長いあいだ水を飲まずにいると、遠くにオアシスが見えたような気がすることがあります。近づこうとすると、いつまでたっても渇いた喉《のど》を潤せないばかりか、体

力を失ってしまう。そのまままぼろしを追いつづければ病気になり、死ぬことさえあります。

ときに人は内側から死んでいくものです。

こういうことは、今砂漠にいなくても、よくわかります。そして考えてみると、わたしたちが空想や幻影を追って人生やエネルギーをどれだけ浪費しているか気づき、愕然《がくぜん》とします。求めているものといったら、こんなものばかりです。すぐに手にはいるご褒美《ほうび》。自分の可能性を伸ばすことや現実的な必要性よりも、物質的な利益。嘘《うそ》の承認。過去と未来……。単純に、どれをとっても現実ではないのだから、永遠に満足できないわけです。わたしたちをほんとうに満足させてくれるのは現実だけなのに。

では、現実とはなにか？

だれかがつくったものを譲り受けたり、とうに消えてなくなった体験をもとに自分で勝手に建設したりした、心の建造物（つまり幻想や空想）の外にあるものです。

＊

その晩、マルおばあちゃんは生まれたばかりの赤ん坊のことを考えながら眠った。赤ん坊にとっては一瞬一瞬が新たなはじまりなのだ。そんなふうに生きることは、じつはそう難しくない。多少は我慢づよく練習する必要があるけれど。

満天の星の下、くたびれた毛布にくるまって眠り、目覚めるとすぐ、いつのまにか習慣になっていたいつもの儀式にとりかかった。

何歳になっても生まれたての赤ん坊のように生きるには、現在を生きることがなにより大事だ。

世事にうといおばあちゃんでも、近頃はだれもがおなじ言葉をお経みたいにくり返していることを知っている。新聞雑誌やテレビでも、説教師やコーチングの指導者、新興宗教の導師《グル》も。実際、そこらじゅうにあふれている――今という瞬間を生きろ（古代ローマの詩人ホラティウスの言葉「カルペ・ディエム（今を摘め）」）。

でもマルおばあちゃんは、「とにかく楽しむ」だけではなんの解決にもならないと思っていた。「今この瞬間を生きる」だけでなく、今この瞬間の中で生きることが大切なのだ。それは必然的に、現在の中で生きるということだ。

人々が心の平安を手に入れるため、自分は生きている、人生を楽しんでいると実感するために、さまざまな手段（本、セラピー、酒、ドラッグなど）に頼っていることをおばあちゃんは知っている。魔法の杖《つえ》かなにかみたいに、外部の力が知識や幸福を運んできてくれると期待しているのだ。でもじつは、知識や幸福はすでに自分の中にある。そのことを知らない人が多すぎるのだ。とはいえ、いいアイデアを考えたり、綿密に計画を立てたり、すばらしい目標をもったりするだけでは足りない。心の目を大きく見開き、一歩踏み出す必要がある。その一歩とは、「行動に移すこと」。

どんなに望んでも、人にそれをやってもらうことはできない。

最後に頼れるのは自分だけだ。

そうしようとどうして思いついたのかわからないけれど、マルおばあちゃんは毎朝、「なにもしない」ことで一日をはじめる。ふだんは玄関にある古いベンチにすわり、目を閉じて、ただ呼吸をする。

そうやってはじめて現在という時間の中で呼吸をすることができる、そう思うようになった。

するとやがて、なにもせずただ呼吸をする、そして、傍目《はため》からすれば無意味に見えるかもしれない、そのときしているなにかに集中する、そんなひとときがしだいに増えていった。でも、はじめて目を閉じてなにもしなかったときのことは忘れない。

それはどんな朝とも変わらない、ごくふつうの朝だった。

以来、毎朝かならずそうしている。数分間、まず自分自身を、それからまわりの世界を意識し、眠りから覚醒へゆっくりとなめらかに移っていく。

おなじように、なんだか心がざわめいて不安になるたび、しばらくゆっくりと深呼吸して、落ち着きをとりもどす。深呼吸をしていると、心配事や考え事が頭にはいりこむ余地がなくなる。

そっと目を開ける。目の前にある樹木を見る。頭に刻みこまれた木のイメージを見るのではない。はじめて目にしたかのように樹木を見る。生まれたばかりの赤ん坊のような目で木をながめるのだ。

＊

マルおばあちゃんはゆるゆると目を開けた。夜が明けようとしている。目覚し時計はいらなかった。体が自然の中に溶けこんでいるのだ。朝の涼しさがマルにとっては貴重だった。最初の何キロかを朝のうちに走ってしまえば、暑さがいよいよ厳しくなってきたときには、その日の旅程の大部分をすでに終えている、という寸法だ。

マルおばあちゃんは早起きが好きだった。

世界が自分のものになったような気がした。あたりはただただ平穏だった。なに気兼ねなくさえずる鳥たち。静寂。

猫のように伸びをすると、毛布を振ってから丁寧にたたみ、自転車後部の箱にしまった。アルファホールをひとつとりだし、じっくり味わいながら食べる。いちばん近い村に立ち寄って、必要なものをいくつか買わなきゃと思った。

ターコイズブルーの自転車にまたがり、ペダルを何度かゆっくりと踏んで、漕《こ》ぐリズムを整えた。

三十分後、村にたどりついた。最初に見つけた店の前で自転車を停《と》めた。質素な店構えなので、値段も手ごろだろうと思った。残念ながら、アルファホールではお腹《なか》いっぱいとはならない。

「おはようございます!」扉は開いていたが、店員はいなかった。どうやら奥が住まいになっているらしい。ジュースの栓の王冠でつくった風鈴のようなものが下がっていて、客が来たことを知らせる手段はそれしかない。

待つあいだ、マルおばあちゃんは申しわけ程度しかない商品棚を見まわした。大部分は空っぽだ。

「どうして行かなきゃならないのさ?」奥のどこかから、若者の声がした。疑問形ではあったけれど、不満をぶつけているように聞こえた。

「行かなきゃならないからだよ」女性の声にはあきらめがうかがえる。

「この店で一生を無駄にしたくなんてないだろう?」男の声が割ってはいった。

「この店のなにが悪いんだよ?」

「おまえにはもっと可能性がある……」

「どなたかいらっしゃいますか?」マルはもう一度尋ねた。

「少々お待ちを！」男が返事をした。

すぐに、かなりしょぼくれたチャールズ・ブロンソンという感じの珍しいひげをたくわえたやせ型の男が、プラスチックのビーズ暖簾《のれん》の向こうから現れた。

「おはようございます、奥さん。ご用はなんでしょう？」

「おはようございます。トルティーヤを何枚かとトウガラシを二個、トマトを二個、アボカドを二個いただきたいのですが」

「タコスを食べるには時間が少々早すぎはしませんかね」男は茶化した。その目には、ユーモアのセンスと、店の将来を憂《うれ》う気持ちが不思議に入りまじっている。

「旅の途中なんですよ」

「なるほど。どうりで見かけない顔だと思いました」

店主はマルおばあちゃんがこのあたりの住人ではないと当然知っていた。こういう小さな村ではだれもが知り合いだ。とはいえ、あれこれ詮索《せんさく》したり世間話をしたりする気もなさそうだった。

「ええ、まだ先は長くて。ご迷惑でなければ、この水筒に水を入れてはもらえませんかね」

「もちろんですよ、奥さん。おまかせください。すぐに入れてきましょう」

男はアルミ製の大きな水筒を抱えて中に引っこみ、手ぶらでもどってきた。注文の品をそろえながら、男は言った。

「息子がやってくれてます。すぐにお持ちしますよ」

頼まれたわずかな品を新聞紙で包むと、息子が現れるまでのあいだ、おばあちゃんをしげしげと見ていた。

「おいくらですか？」おばあちゃんは尋ねた。

男が答えようとしたとき、『スター・ウォーズ』のくたびれたTシャツを着た若者が水筒をもって現れた。Tシャツにも増してくたびれたリュックを背負っている。リュックにはスーパーマリオに出てくるキノコのキャラクターが描かれていた。

「はいどうぞ、奥さん」若者は言った。かけている眼鏡《めがね》のつるが折れていて、肌色の絆創《ばんそう》膏《こう》のようなものでくっつけてある。額はにきびだらけだし、髪も少々べたついていて、体臭も強いが、不潔だからではなく純粋にホルモンのせいだった。

「ありがとう、おにいさん」マルおばあちゃんが言った。

「お弁当を忘れてるよ」小柄な女性が、プラスチックのビーズ暖簾から顔を半分だけ出して言った。「おはようございます、奥さん」マルに気づいて挨拶《あいさつ》した。マルも挨拶を返す。

「お腹すいてないよ」少年はがっかりしたように言った。ほんとうにお腹がすいていないわけではないらしい。女性は、少年が弁当を拒んだ理由がわかっているのか、無理強いはしなかった。「学校から帰ったら、なにか食べる」

「そのあとロへリオのところでパソコンをするの？」

「うん、母さん」少年はマルおばあちゃんのほうをおずおずと見た。

「あたしもパソコン大好きですよ。字は読めないけど、写真を見るのが楽しい」おばあちゃんがそう言うと、一家は目を丸くした。「インターネットを見ていると、人っていろいろだし、世界はすばらしいと思うわ。そうでしょう？」

店主と息子、暖簾の向こうにいる母親は困ったようにおばあちゃんを見た。少年は眉を吊《つ》り上げ、学校に行ってきますと言った。

「おいくらですか？」マルおばあちゃんは店主にあらためて尋ねた。

「けっこうですよ。このあたりじゃ、あなたほどの歳《とし》の〝巡礼者〟はそういない。朝食は店のおごりです」店主は冗談めかして言った。

おばあちゃんは肩をすくめ、包みを受け取ると、にっこり笑って礼を言い、「さよなら」と告げた。戸口に向かうあいだ、その質素な店を営む夫婦はおばあちゃんの背中を見守っていた。店主は目を見開き、妻に無言で尋ねるかのように右手をささっと動かした。

〝で、これからどうするつもりなんだろうな？〟

通りに出ると、遠ざかっていく少年の姿が目にはいった。のろのろとした、足を引きずるような歩き方で、できれば目的地にたどりつきたくないかのようだった。マルおばあちゃんは自転車にまたがると、少年のあとを追うことにした。横に並んだところで話しかける。

「早起きするのがよっぽど好きらしいね、おにいさん」

少年はまず自転車を見て、そのあとおばあちゃんに目を向けた。

「かなり走らないと、授業に間に合わない」

「乗せていきましょうか？」

少年は遠慮がちにほほ笑んだ。

「バスに乗るよ。停留所はそう遠くない」

「人の話に首をつっこむつもりはないけれど、店にはいったとき、あなたがご両親に、行きたくないと言ってるのが聞こえてしまって。学校のこと？」少年はおばあちゃんの言葉を聞いて、たしかに少々でしゃばりだなと思ったが、これだけの年寄りだと不作法もなにもないのかも、と思い直した。「チリ風アルファホールはいかが？」

少年はもう一度にっこりした。マルおばあちゃんからお菓子をもらい、礼を言う。

「ぼくが行きたくないわけじゃないんだ。クラスのほうがぼくに来てほしくないんだよ」

「どうして？　意味がわからない」

「これのせいさ」少年はおばあちゃんによく見えるように、Tシャツの『スター・ウォーズ』のロゴの部分をひっぱった。「父さんと母さんはほかの服を着ていけって言うんだけど、ぼくはこれが好きなんだ。それに、たとえ服を変えても状況は変わらないと思う」

マルおばあちゃんは眉間《みけん》に皺《しわ》を寄せた。

「よくわからないねえ。クラスメイトは、あなたがそのシャツを着てるのが気に入らないの？」

これを着てるってことがどういうことか、おばあちゃんにはわかってないんだ。このシャツのせいでぼくはオタク認定され、人とはちがうという烙印《らくいん》を押された。それに、わが家はほかのどの家よりも貧乏だし、バスで学校に行かなければならないような僻地《へきち》に住んでるし、人よりにきびがひどいし、体臭が人一倍強い。そのうえ美少年とはとてもいえない顔だし、内気だ。本や映画やパソコンに逃げ場を求め、ロヘリオみたいな自分と同類の決まった友人たちとだけ遊ぶ、少々引っこみ思案な少年、ただそれだけのことなのに。ロヘリオはぼくとはちがう学校に通っているけれど、おなじような問題を抱えている。

「原因はシャツだけじゃなく、ほかにもいろいろあるんだ」

「自分の好きなことに正直なのはえらいよ。ご両親はみんなに合わせたほうがいいと考えているんだろうけど、シャツだけで人に好かれたり好かれなかったりするとは思えない」

「ぼくもそう思う」少年が言った。

「若い人たちのすることは、理解されないものなんですよ。大人は、かつて自分も若者だったことやそのときの気持ちを忘れてしまったかのよう。そうでしょう？」

「うん、そうだね」

少年はだんだん緊張を解き、おばあちゃんに慣れてきたようだった。

「あたしの名前はマル。でもみんなはマルおばあちゃんって呼ぶの。見てのとおり、年寄りですからね」

「よろしく、マルおばあちゃん。ぼくはマリオ」

「よろしく、マリオ。じつはね、子どものころは人とちがうのが怖くて仕方がないものなのよ。でも大人になると、人とおなじなのが怖くなる。あたしがこの旅に出発するときに、まだ学校にもはいっていないくらいの男の子が寄ってたかって殴られていてね。屈強な男の人が助けてくれたの。男の人の話では、その子も、人とちょっとちがうからいつもいじめられてるんですって。じつはその人もずっといじめっ子だったそうなの。でもある日、変わろうと決心した」おばあちゃんはそこで言葉を切った。「男の子をいじめていた連中は、カードを奪おうとしていたのよ……なんていうんだっけ？　ポケモン？　知ってる？」

少年はにっこり笑って言った。

「もちろん。ぼくもポケモン大好きだよ。ぼくがなぜ学校に行きたくないかっていうと、弁当をとられるからなんだ。だからもうもっていかないんだよ……」少年の表情が暗くなった。

マルの表情がこわばった。ぴったりの表現をさがそうとするように、目を細める。どう話してもつらいとわかってはいたけれど。

「ほんのすこしの愛情がほしい、すこしでいいから認めてほしい、すこしでも人気者になりたい。そうしてなにかを手に入れても嘘《うそ》だし、一時的なことなのに、そのためなら人はほんとうにひどいことができる。自分の行動がどんな結果をもたらすか、人をどんなに苦しめるか、考えもせずに」

マリオはじっと耳を傾けている。

「コンピュータを使ったことがあるとさっき話したわよね。あるとき友だちから」アリアガ院長のことだ。「若者がプレーするTVゲームや彼らが好む映画や漫画には、子どものころいじめや虐待を受けていた人がつくったものがかなりあると聞いたの。つらい経験に負けなかった強い人たちなのね。でもみんながそうだったわけじゃない。重荷に耐えられずに押しつぶされ、さまざまな形で消耗してしまった人もいるでしょう。でも、すばらしい作品がそんなふうにしてできあがっていたとはね。しかも、それをかつてのいじめっ子自身、知らずに楽しんでいるかもしれないだなんて、驚きよね」

マリオは無言でうなずいた。

「やつらはどうしてああいうことをするんだろう？　どうしてぼくらを放っておいてくれないのかな。だれにも迷惑かけてないのに……」マルおばあちゃんが額や顔の汗をぬぐった。自転車を押しながら、若者に遅れまいと歩いていた。マリオはそれに気づいて言った。

「ごめんなさい。ぼくが自転車を押しましょうか？」

「いいえ、いいの、いいの。こうして押していけば大丈夫。体の支えになるしね」おばあちゃんは大きく深呼吸してから言葉をつづけた。「未熟だからでしょうね。そして、あの子たちは人に大事にしてもらいたがっている。愛情が必要なのよ。憎しみは恐怖のひとつの形で、愛がほしいという切実な叫び声でもある。人はときに愚かなことをするものよ。じつは大人だってするの。だけどあなたの年頃の子は、大人より不安定。周囲がぐるぐる回っているように思えるし、自分自身もぐるぐる回っている」マルおばあちゃんはそこでひと呼吸おいた。「なんだか不安で、自分がちっぽけに思えるときというのは、胸にあいた大きな穴をなにかで満たしたいと感じているの。人生の試練にぶつかって、自分の役割がようやくはっきりしはじめる、そういう瞬間をじりじりするくらい求めている。

目標をなくし、どの方向に進んでいいかわからず、いざ進んでも望んだ場所にたどりついたのかどうか判断できない若い人たちが多い。堂々巡りなのよ。ひとつは、自分がなにをしたいのか見つけるのが難しいからだと思う。原因をつくったのはあたしたち大人なの。壊れてしまった世界をいまだに再建できずにいるせい。だから若者たちは思う。『こんなぶっ壊れた世界をぼくらはどうすればいい?』こういうことを言うんだからよっぽど教養の高いご婦人なんだと思い、マリオは目を見張ったが、率直にはっきりと話をしてくれるマルおばあちゃんに感謝していた。おばあちゃんは咳《せき》をして、口にこぶしをあてがった。

「それに、あたしたちがした苦労を若い人にはさせたくなくて、いろいろとお膳立てしてから渡したことも、ためにならなかったのね。おかげでなにをやっても途中で投げ出す。子どもだって大人だって、準備がすっかりできたものを渡してほしいものなのよ。もちろんそんなことできっこないし、お勧めもできない。でもそれはまた別の話」

おばあちゃんは暑さのせいで荒い息をついた。

「なんだかやる気がなくなるなあ」マリオは冗談めかしておずおずと言った。物質的なことでは、うちの両親には、息子がほしがるものをなんでもあたえる余裕などなかった、と訴えたかったけれど、のみこんだ。ごく小さいころから少々過保護すぎたのはたしかだけれど。

「正直に言うと、生まれたときより世界をよくした世代なんて、ひとつもないの。それは今にはじまったことじゃない。いつだっておなじ、利己主義と虚栄心のせいよ。巣を維持することだけを考えてみんなでひとつになって働く、ミツバチみたいに行動できれば、こんなことにはならないのにね。でもそう考えると、ちょっと見通しは明るい。だって、だれもミツバチを絶滅させたくはないでしょう？」マリオはおばあちゃんの話のペースに乗り、首を縦に振った。「変わるのに遅すぎることなどけっしてないの。ミツバチのやり方を身につけ、自分の外に関心を向け、他人のことを思いやるようにすること。

あなたたち若い人の手には千年紀分の課題がある。まえの世代もおなじように課題を背負っていたけれど、かならずしもやりとげることはできなかった。あなたたちこそが選ば

れし人々なの。重い責任を進んで引き受ける勇気をもってほしいな、と心から願ってる」
「課題って、どんな？」マリオは好奇心をくすぐられたらしい。
「未来の人たちのことを考え、すべての人にふさわしい未来を建設することよ。未来も、世界も、あなたたちのもの。でも、この地球上にあるよいもの、そして、この地球にとってよいものを大事にしなきゃならない。今までだれも成しえなかったことを成しとげてほしい。あなたが生まれたときのすばらしかった世界を、これ以上悪くしないこと。
そして、人とちがっていること、みんなばらばらなことはいいことだと理解しなくちゃならない。人は人よ。だけどまわりのみんなに敬意を払えば、ともに生きていける。自分のことばかり考えるのをやめ、どうでもいいことは忘れて、人はひとりでは生きられないと理解すること。すべてのもの、すべての人はつながっているの。それはパソコンや、あなたがもっている携帯電話を通じてだけのことじゃない。世界のすべてとつながっている。ミツバチと花、月と潮の満ち引きみたいに。すべてのものひとつひとつが大いなる計画の一部なのよ。要素がひとつでも欠ければ、すべてが崩れ落ちる」

「その大いなる計画ってどういうものなの？」

おばあちゃんはやさしくうっすらとほほ笑んだ。

「人生は、それを見つける旅なの。疑問の答えを躍起《やっき》になってさがそうとすると、それはどんどん遠ざかっていく。でも答えさがしのことなんて忘れて暮らしていれば、そのうち見つかる」

マリオのしかめっ面《つら》を見れば、話がさっぱりわかっていないとわかった。

「ちょっとこみいった話に聞こえるかもしれないけれど、いずれきっとわかるわ」

いつのまにか、もうバスの停留所に到着していた。

「バスはまもなく来る」少年が言い、ふたりはつかのま口をつぐんだ。「ところで、旅の途中だと言ってましたよね。どこに行くの？」

マルおばあちゃんは孫のエルメルについてかいつまんで話した。

「今の話は全部、あるストリートアーティストの生い立ちと一致するな。でもだれも顔を知らないんだ。謎《なぞ》の人物で、ベラクルスじゅうを希望のメッセージで埋めつくそうとしてるらしい。エルメル、サンティアゴ、孤児院……謎めいた作品ばかりなんだけど、有名な作品のひとつにそんな言葉が描かれている。ごめんなさい、携帯電話をもっていれば、ネットにアクセスして見せてあげられるんだけど」

おばあちゃんは目を閉じて話を聞いていた。顔には笑みが浮かんでいる。

「その必要はないわ。想像できるから」それからゆっくり目を開けた。「ありがとう、マリオ。期待のもてる情報だね。おまえさんとはきっとまた会えるような気がする。心から感謝するよ」おばあちゃんは親しみをこめて、はじめてマリオを〝おまえさん〟と呼んだ。

「こちらこそありがとうございました。あなたみたいな物知りな女性と話ができてほんとうによかったです」

「あたしは物知りじゃない。年寄りなだけよ」ふたりは顔を見合わせてほほ笑んだ。「だから老婆心《ろうばしん》からもうひとつだけアドバイスをさせて。辛抱強く待つこと。おまえさんの人生の中で、この時期は思うほど長くはつづかない。今は見えないかもしれないけど、こんなこともあった、あんなこともあったと将来思い出す、すてきな出来事もいろいろあるよ。人になんと言われようとも、これからもその〝最悪の〟Tシャツを着つづけて、自分らしくいてほしい。何年かすれば、今おまえさんを受け入れようとしなかった連中が、今度はおまえさんみたいになりたがるはずよ」マルおばあちゃんは空を見上げ、目の上にひさしをつくった。「そして、これだけは忘れないで。世界はおまえさんのものだよ。すべての人々のために、今生きている人だけでなく、これから生まれる人たちのために、この世界をもっとよくしてほしい。一日一善、それでいい。なにも大それたことをする必要はない。今のところは、それがおまえさんの使命。そのうち大いなる計画がわかるときが来る。今はまださがす必要はない。そのときが来れば、大いなる計画のほうがおまえさんを見つけてくれる」

マリオはうなずき、もう一度おばあちゃんに礼を言って、さよならと告げた。マルおばあちゃんはさっそく自転車にまたがった。

ほかにも生徒たちが何人か停留所に現れた。マリオはその子たちに挨拶し、おばあちゃんは土煙の中に姿を消した。

バック・トゥ・ザ・フューチャー。

第七章　ユニコーンは人の夢を盗めるのか？　未来はまだ来ていない

では、時間とはなにか？　そう人から尋ねられなければ、答えはよく知っている。だが、そう尋ねられて説明しようとすると、わからなくなる。

聖アウグスティヌス

時間。たしかに、とてつもなく不思議なものです。古代ギリシア時代、時間の概念をわかりやすく表現するため（この時代、ほかにもいろいろな概念を上手にあらわすことに成功しています）、三人の神をつくりだして、三種類の時間を目に見える形にしました。時間の流れという、わたしたちの時間のイメージにいちばん近い概念であるクロノス。永遠あるいは永遠の再生をあらわすアイオーン。そして三つめは、実際は神というより霊的存在あるいは妖精やダイモンであり、「瞬間」あるいは「機会」、「チャンス」の象徴と解釈されるカイロス。これは実際は、いわゆる「時間」とは異なるものと言えるでしょう。

大局的にみるとこのカイロスは、ほかのふたつの時間とくらべていちばん主観に左右される時間であり、ときに時間の概念そのものと矛盾する私的体験です。カイロスは宇宙のどこかからやってくるとも言われます。だとしたら、その到来がどうしたらわかるのでしょう？　いつ来るかさえわからないのに、思いどおりに引き寄せるのはもっと難しそうです。

でもじつは、チャンスというのはわたしたちひとりひとりの中にあり、心は、行動に移すべきここぞというタイミングをよく知っています。

あとは、ほんのすこし余計に注意を払うだけ。

＊

マルおばあちゃんは自転車を漕《こ》ぎながら、ときどきミツバチのことを考えた。自分勝手な行動を控え、みんなが幸せに暮らせるよう、おなじ巣の仲間たちと協力して働くミツバチ。ミツバチの種としての生き残りも、そういう協力態勢にかかっている。

でも、そんなふうに集団の利益のために自分を殺すとしたら、アイデンティティをもたない奴隷になってしまうのでは？　なにかを選ぶ自由はいったいどこへ？

自然の女神は、みずからが創造した生き物に倫理規範なんて押しつけない。生き物たちは本能のままに行動している。ミツバチが巣を離れるのは自由だし（ときどきそういうこともある）、広い世界にさまよいでることだって許される。でも、ほかの生き物たちとおなじように長い年月をかけて進化する中で、チームで仕事をし、個を超えて自分をあとまわしにすることが大事だと知り、自分はひとりだけの存在ではないし、ひとりでは生きていけないと理解することが、生き残る確率を高めると学んだのだ。もちろんミツバチはそんなふうに意識しているわけじゃないし、意識する必要もない。

マルおばあちゃんにしても、このとおりの言葉で考えていたわけではなく、ただにこにこしながらペダルを踏み、心に流れてくる〈存在《セール》〉の声を聞き、心に沁《し》みこませ、したいようにしているだけだ。〈セール〉とは、体という境界や自分の心のはるか向こうにある存在のことである。空はどこからはじまり、どこで終わるのか？　太陽は自分が太陽だと知る必要がある？　いいえ、それでもその光で地球を照らしつづけてくれる。

おばあちゃんはいつのまにか砂漠地帯を走っていた。亀裂《きれつ》のはいったアスファルトの道の両側には、黄色い砂丘がどこまでもつづいている。遠くに黒っぽい人影が見えた。どっちに行っていいのかわからないかのように、道をうろうろしている。おばあちゃんは近づいてみることにした。すると、ほんの三十代なかばぐらいの若い男だった。黒い麻のスーツと白い長そでのシャツを着ている。耐えがたい暑さなのに、上着を脱ごうともしないなんて。

「こんにちは」マルは声をかけた。「どうしたんですか？　お水をさしあげましょうか？」

「いいえ、けっこうです」男は答えた。

「すてきな上着ね」おばあちゃんは言った。

「ええ、まあ……」男はそうつぶやいて、埃《ほこり》をはらった。

「どうしてこんななにもない砂漠の真ん中にいるんです？」

男は口の端を指でこすり、それから単刀直入に答えた。

「だまされたんですよ。あなたは？」

「旅の途中です」マルおばあちゃんも答えた。

「なるほど」

「歩いてきたんですか？」

「いいえ、タクシーで。ここが目的地だったんですけど、どうやらかつがれたらしい。今そうわかったんですよ」

見知らぬ同士の孤独なふたりは、そのまましばらく見つめあっていた。空がオレンジ色に染まりはじめていた。

「アルファホールはいかが？」男はおばあちゃんを不思議そうに見た。向こうにユッカの木がぽつんと立っている。「すこし休みたいなと思って。あのユッカの下にすわりませんか？」

「いいですよ」男はあきらめの表情で言った。「どのみち、なにもすることがない」

マルおばあちゃんは自転車をユッカに立てかけ、毛布をとりだすと、男に手を貸してもらいながら地面に敷いた。

「だまされたと言ってましたね？」

「そのようです」黒いスーツの男は上着の内ポケットから携帯電話をとりだしてなにかをさがし、それをおばあちゃんに見せた。ツイートの内容をスクリーンショットにしたものだった。

「申し訳ないけど、字が読めないんですよ」

男は暑さで息を切らしながらうなずいた。

「わたしはトビーアス・ロボという作家です。スペインから来ました」

「あら、それは残念。作家と知り合いになったのははじめてなのに、あたしは字が読めないときてる。どうかご勘弁くださいな」

「ご心配なく」男は悲しげにほほ笑んだ。「じつは、母国ではかなり成功していましてね。これでも有名人なんですよ」

「それじゃ、なにが問題なんです？」

「事は、だいたい一か月ほど前にさかのぼるんです。SNSを通じて、招待を受けましてね。SNSはご存じですか？　インターネットって聞いたことあります？」

「ええ、もちろん」おばあちゃんは答えた。「そうそう年寄りでもないんですよ」

男はほほ笑んだ。すこしは笑みに明るさがもどってきたようだ。

「けっこう。じつはツイッターを通じて、この砂漠の真ん中で開かれる、まったく新しい文学フェスティバルの実行委員長になってほしいと頼まれたんです。リスクはあるけれど、斬新なこころみなので、きっと世界じゅうで話題になるし、あちこちでたっぷりとりあげられるはずという触れ込みでした。つまりツイッターで、ってことですが。本物に見えるように、わざわざだれかがホームページまでつくるという念の入れようでした。結局わたしはまんまと罠《わな》にかかり、いいですよと返事をして、自前で航空券まで買ってしまった。ええ、たしかに馬鹿でした。でも、そもそもわたしは衝動的なたちなんです」

マルおばあちゃんは柳かごからアルファホールをふたつとりだし、食べるかどうか尋ねもせずにひとつをトビーアスにさしだした。トビーアスは喜んで受け取った。

「じつは、なにもかも嘘《うそ》だったと今はじめてわかったんです。わたしの人気を妬《ねた》む連中は大勢いますが、そのうちのだれかにからかわれたんだ。わたしはツイートでメキシコに到着したことを報告し、あと数キロで目的地——つまりここ——に到着すると書きこんだ。そのとき、情け深いだれかから、わたしを揶揄《やゆ》するメッセージが送られてきたんです。そこにはわたしのツイートといっしょに、実際のこの場所の写真がありました。いかにも楽しそうなツイートでしたよ。わたしとわたしを待ち受けているものを嘲笑《あざわら》っていました。ネットにそういうタイプのメッセージがあがるのは、なにもそれがはじめてじゃなかった。意地悪な冗談を歓迎する連中はいくらでもいるんです。思いあがっているわたしのような人間は、これぐらい叩《たた》いて当然だそうです。まあ、彼らの言うことも間違ってはいないのでしょう。たしかにわたしはうぬぼれていた。だから、ほんとうの自分から目をそむけていた。わたしは、その機会さえあれば人より頭がいいと思い知らせようとする、高慢ちきな男で……」

マルおばあちゃんはなにも言わなかった。アルファホールをひと口かじり、もの思いにふけった。もの思いとはいえ、なにを考えているわけでもなかったのだけれど。おばあちゃんは地平線の彼方《かなた》になにげなく目を向けていた。そこでは空と大地の境界がぼんやりと滲《にじ》み、きらきらと瞬《また》きつづける帯となっていた。

「インターネットでは、いろいろなことが見た目どおりではないと聞いたことがあります。実際、実物よりかなりおおげさに見える」

「ええ、プラトンの洞窟みたいに」作家は冗談めかして言った。

「プラトン？」

「ああ、なんでもありません」

「人はときどき、実物と空想をごっちゃにしてしまう。そういうことがどんどん増えると、しまいにはなにが本物でなにが空想かわからなくなる」おばあちゃんはそこで言葉を切った。「こんなところに放り出されることになって、お気の毒です」

「いいんですよ」気を取り直そうとするように、作家は言った。「それに、思うほど悪くない経験かもしれません。次の作品のためのインスピレーションがほしかったので。じつは最近、アイデアをひねりだすのに苦労してるんです」

「そりゃ大変だ。作家なのにアイデアがわいてこないなんて……。失礼でなければうかがいたいのですが、どういう小説を書いてらっしゃるんですか？」

「冒険アクションです」

「あら、こんな冒険、願ったりじゃないの」

「問題は、そういうジャンルをこれからも書きつづけたいかどうか、自分でもわからなくなってるってことなんです」

「じゃあ、どうして冒険小説を？」

「わたしに期待されているのがそれだからですよ。それにわたしの冒険小説、すごく売れるんです。ジャンルを変えて、だれも買ってくれなかったら困るでしょう？」

「そのまま書きつづけたら、またどこかの口車に乗せられて、どこかの砂漠に出向かされるかも」マルおばあちゃんはそう言ってから、いきなり大笑いした。トビーアスはきょとんとしていたが、やはり笑いだした。

「おっしゃるとおりです」

「子どものころ、なにになりたかったか覚えてますか？」

「人を笑わすのが好きでしたね」

「それなら立派に夢をかなえましたね。砂漠の真ん中でそんな上着を着てるなんて、ものすごくおかしいもの」

トビーアスはすぐに上着を脱ぎ、毛布の上においた。こんなに暑い場所で上着を着ていたなんて、長年惰性で行動し、なにも考えてこなかった証拠だと思った。まわりの期待にこたえることを機械的にやり、ほんとうはなにがしたいか、なにが必要なのか、立ち止まって考えようとしなかった。

「両親は貧しくてね」地平線を見つめながら、作家はつづけた。「でも夏休みには、たとえ一週間でも、海水浴か、せめてプールのある場所へみんなで行けるよう、やりくりしてくれた。塩素の臭いは今も、古きよき思い出を運んできてくれる」

マルおばあちゃんは、トビーアスがなぜその思い出について話そうと思ったのか、説明されなくてもすぐにわかった。急ぎ足で成長しなければならないとはいえ、思春期というのはその人のその後の人生に強い影響をあたえる。なかには〈ピーターパン症候群〉になる人や、なにかで〈一流〉になる人もいる。まだ若くて柔軟だからでもあるが、可能性に満ち、夢であふれている時期だということもあるだろう。思春期のころはすべてが新しく、無限に思える。少年少女期への郷愁は長引く。思春期というのは、厳しい義務とか心配事、先の見えない未来とは無縁で、完全に解放されている。成長するにつれ、あんなに満ち足りていた人生がしだいに行き詰まり、退屈で悲しいものになっていく。義務、増えていく先入観、必需品、刻みこまれた信念、子ども、家族、仕事、災難、お金、失望……。どうやってそこから脱《ぬ》け出せばいい？　まわりからさまざまな形でなにかを期待され、自分でも自分に義務を課し、自分像をがっちりつくりあげて、もはや振り払おうにも振り払えない。そこから自由になって、プレッシャーから解放されるにはどうすれば？　ひょっとして、こういう幻影を押しつけてきたのは人生そのものなのでは？

マルおばあちゃんは知っていた。悲しかったときや、自分が場違いに思えたときみたいな、今ではもうかすんでしまった過去を振り返っても、答えはそこにはない。むしろ、今現在に意識を集中して時間を超越すること、そして長年しがみついてきた嘘のアイデンティティを捨てることが大切だ。おばあちゃんは実際にそんなふうに生きているから、そうしなきゃといちいち考える必要もなかった。過去を惜しんだり未来に期待したりすることもなければ、だれかを恋しがったりなにかを心配したりすることもない。ただ、今というたしかな時間にエネルギーを注ぎ、わくわくしながら冒険を楽しむだけ。こんな自分ってすごい、などと考えたりしないし、劇的な展開を望んだり現実離れした期待もしない。鳥がさえずったり、猫がニャアと鳴いたりするのとおなじ自然体だ。

「あたしは十三歳になるすこしまえに孤児院を脱走したんです」マルおばあちゃんは言った。「その直前、孤児院にいる子どもたちを撮影した集合写真を見たの。修道女の先生の横で子どもたちがポーズをとっている写真でね。何歳のときの写真だったかわからないけど、変な感じがしたのを覚えてる。写っているのはあたしだとは思ったわ。そのときとだいたいおなじ考えをもち、おなじ皮膚をかぶって生きていたかつての自分。でも、なかなかあたしだと認められなかった。そりゃあ見た目は似てるとは思ったけれど、どうしても自分をその像に重ねられなかった。これがあたし？　おなじ顔をしている、ただそれだけの理由であたしってことになるの？　ほんとうにあたしの顔？　そのとき考えたり感じたりしたことまでそこに記録できる？　今とおなじことを考え、感じていたと、写真が証明してくれる？

さっきも言ったように、そのときあたしはまだ十三歳にもなっていませんでした。写真をまた見たと仮定して、今ならどんなふうに感じるか……」

「写真って、たしかにそうですね。実物をとらえようとはしているけれど、現実はそこからするりと脱け落ちている」

「変化までとらえるのは無理なのに、ついできると思いこみがちなんです。自分はずっとおなじ人間だと思いたくても、やっぱり変わるんですよ」

「〈自我《エゴ》〉はそうは思わないでしょうね」

「エゴ？　だれなの、それ？」マルおばあちゃんは尋ねた。

作家は答えなかった。おばあちゃんはつづけた。

「人生の前半は、わたしらしさだの所属だの、偽のイメージを自分にくっつけるレッテルをさがしたりつくりあげたりするのに必死になる。ところが後半は、そのレッテルから自由になろうとする」

「あるいは、自分に押しつけられた限界に苦しむ」作家は付け加えた。

「……当のレッテルや限界をつくったのは自分だっていうのにね。バリアは自分の心の中にしかない。じつは〈檻《おり》〉には最初から鍵はかかっていないんです。扉を押せば、それでいいのに」

そうしてしゃべったり黙りこんだりするうちに、すこしずつ日が暮れて、やがて夜になった。

「ユニコーンは人の夢を盗めるのか？」おばあちゃんは星空のカーテンをながめながら尋ねた。

「なんですって？」マルおばあちゃんがなにを言いたいのか、トビーアスにはよくわからなかった。

「ユニコーンは実在しない。だから、夢でも、ほかのなんでも、あたしたちから奪うことなどできないわ。過去や未来もおなじこと。過去はもう消えてしまったものだし、未来はまだ来ていない。それなのに、あたしたちは過去や未来のことを考えては思い悩む。後悔してみたり、恐れてみたり。でもあたしはこう思うようになったんです。過去はまぼろし。未来はまだ影も見えない。現在だけが現実」

自転車は今もユッカの木に立てかけてある。マルおばあちゃんとトビーアスは毛布の上

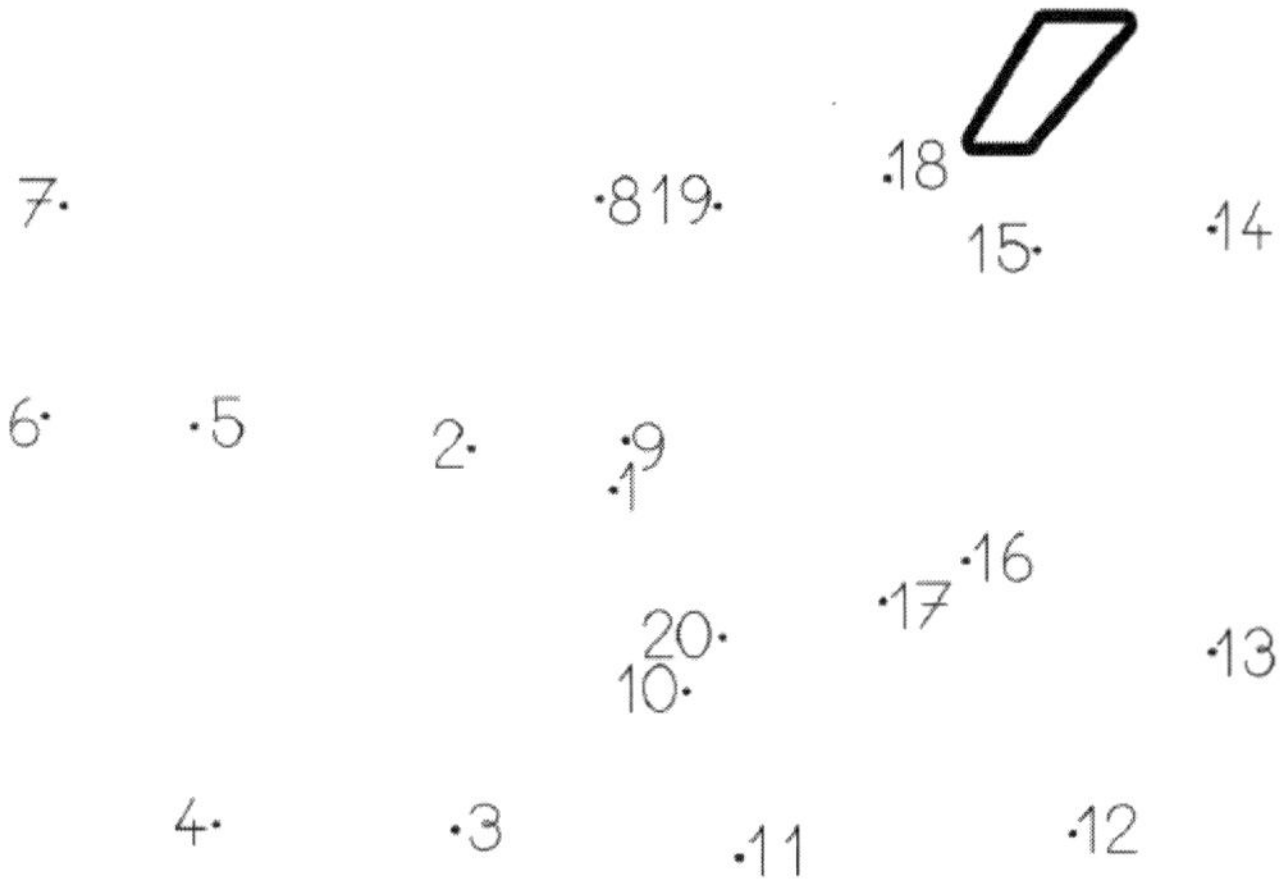

に寝転がっていた。砂漠の真ん中なので、建物もなければ光もなく、星明かりをさえぎるものはなにもない。

「あの星が見える？」おばあちゃんは尋ねた。

「もちろん。最高の美しさですね。こんなに星が見えるのははじめてだ。わたしが住んでいる都会では、星なんて見えない」

「視界をさえぎるものがなにもありませんからね」

トビーアスは仰向《あおむ》けになり、枯れ草の茎を噛《か》んでいた。

マルおばあちゃんがつづけた。「子どものころ、番号を振った点を順に結んで、最後になにが出てくるかたしかめる遊びをしませんでした？」

「ええ、大好きでした」作家は満面の笑みを浮かべて答えた。

「あのたくさんの星も、その番号の点みたいなものね。正しく結べばなにかの絵になる」

「で、なんの絵になると？」トビーアスは尋ねた。

おばあちゃんはすこししてから答えた。

「あたしたちはひとりひとりちがうものを見ている。外の世界というのは、じつは自分の考えや行動が映しだされたものですからね。で、あなたの質問に答えると、あなたが子どもだったときに描いた絵になるでしょうね。ほんとうのあなた自身の絵。大人はみんなそうだけど、子どもでなくなったときに忘れてしまう、ほんとうのあなた。だから、大人はみんな悲しそうなの。本来の自分を忘れてしまい、それを懐かしく思っているから」

作家は今にも泣きだしそうだった。

「悲しむことはないわ」おばあちゃんは慰《なぐさ》めた。「その人はあなたを今も待っている。時の向こう側にいるから、あなたを残していなくなったりはしない。呼びかけて、戻ってきてと頼むだけのことですよ」

「なんのことです？　まるで理解できない」トビーアスは洟《はな》をすすりながら言った。

「あなたがこの砂漠に来たのは、できればなりたくなかった人にわざわざなるためなのよ。たぶんあなたは人生で成功したんでしょう。そう、自分で言っていたように、お金の面では。でもほかの面では？　あなたが結婚しているかどうか、子どもがいるかどうかも、あたしには関係ない。ただ、あなたが今幸せでないことはわかるわ。でなきゃ、こんなところまで来やしない」

トビーアスはマルおばあちゃんの言葉をなんとか理解しようとした。でもおばあちゃんは先をつづけた。

「人を笑わせることが楽しいなら、冒険小説を書きつづける必要はないと思う。名声なんてどうでもいいというなら、わざわざそれを求める必要だってない。冒険小説を書いているのは、ただ人の期待にこたえたいからじゃない？　ほんとうは愛をさがしているだけなんじゃないの？　あなた自身に愛をあたえられるのは、いいえ、あたえるべきなのは、あなた自身なのよ。心の空洞を埋めるのはお金？　それとももっと別のもの？」

「この砂漠はメタファーなんですね」トビーアスは言った。「自分という存在のメタファーなんだ」

「あらあら、作家の言うことはよくわからないわね。おかしな言葉を使うから」

「〝心の空洞を埋める〟だって、ふだんづかいの表現ではないですけどね」トビーアスはまぜ返した。

「ああ、それね。どこで覚えたのかしら？」マルおばあちゃんは肩をすくめた。

「どちらに行かれるのか、まだ聞いてませんでしたね、マルおばあちゃん。すっかりお世話になってしまったから、わたしにできることならなんでもしますよ」

「いいえ、けっこう。あなたがスペインからはるばるこの砂漠まで来て、ひと晩過ごすことになったように、あたしもひとりで旅をつづけないと。そうしなきゃならないのよ」

「でも、いったいどちらへ？」

マルおばあちゃんはこれまでの旅についてかいつまんで話した。エルメルが、素性はわからないながら、有名なストリートアーティストかもしれないということも。

「まさか！　あなたがエルメル・エスポーシトのお祖母《ばあ》ちゃんだなんて」作家は目を丸くした。

「そのようね。もしかして、知り合いなの？」

「いや、じかに知っているわけじゃない。じつは、彼は顔も知られていないんです。写真もなければ、登録記録もわからないし、警察にも記録がない。でも作品は世界的に有名ですよ。お見せしましょう……」トビーアスは携帯電話になにか打ちこみはじめた。「ちぇっ、Ｗｉ－Ｆｉがうまくつながらないや。残念。作品を見せたかったのに」

「ご心配なく」おばあちゃんは気にしていなかった。「ベラクルスに行けば孫が見つかるかもしれないと言われてね。だからそこに向かってるんです」

「お供しなくて、本当に大丈夫ですか？　わたしとしては、それができれば光栄ですけど」おばあちゃんは首を横に振った。「わかりました、無理強いはしません。表舞台から引退したアメリカ人アーティストがこの砂漠で隠居していて、エルメルの作品にだれより通じていると聞いたことがあります。なんでも、正体も知っているとか」

「そのアーティストの名前は?」

「ホープ・デレン」

「どこに住んでるの?」

「だれも知りません」

「なるほど。大丈夫、自分で見つけますよ」マルおばあちゃんの言葉には気負いはないのに、自信があふれていた。大あくびを手で押さえ、眠くなってきたと言った。「明日はふたりとも長い一日になりそうね」

「そうですね。おやすみなさい、マルおばあちゃん」

「おやすみなさい、トビーアス・ロボさん」

おばあちゃんはそう言って目を閉じ、深い眠りについた。疲れた体を回復させなければ。

第八章　手は空へ、足は大地へ

その日の生活の質を高めることこそ、最高の芸術だ。
ヘンリー・デヴィッド・ソロー

翌朝、マルおばあちゃんとトビーアスはかなり早くに目覚めた。別れの時だった。ふたりは立ち上がり、出会ったときとおなじように向かいあうと、ぎゅっとハグをした。トビーアス・ロボはタクシーを呼び、おばあちゃんはターコイズブルーのおんぼろ自転車にまたがって旅を再開した。暑さに負けずに履いている毛糸の靴下はけっしてずり落ちたりしない。おばあちゃんとしても、とてもありがたかった。

出発するまえに、ホープ・デレンについて教えてくれたことをあらためてトビーアスに感謝し、心の内側に目を向けなさいとアドバイスした。すべての答えはそこにあるのだから。じっくり大切に心を見つめれば、神秘のベールが剝《は》がれ、答えにつづく真実の道がそこに現れる。すると、外の世界まで変化しはじめる。自分がギプスをすると、ギプスをした人がやけに目につくようになるのとおなじだ。世界が変わったのか？　なぜか突然ギプスをした人がどっと増えたのか？　いや、ちがう。その人のものの見方や注意を向ける場所が変化しただけだ。

あらゆる場面でおなじようなことが起きる。

＊

「道は、考えたり教えてもらったりして開けるものじゃない。おのずと感じるものですよ」マルおばあちゃんはそう言ってから、トビーアスと別れた。

木の葉の緑、雨音、草の匂い、今の自分の体、愛する人たちの笑顔。なにもかも、それがはじめてみたいに見、聞き、感じる。レモンやイチゴをはじめて食べてみる、あるいは海水にはじめて足を浸《ひた》す子どもみたいに。マルおばあちゃんにとって世界はそんなふうだし、それ以外のなにものでもない。

とても言葉にできないものだった。

＊

道は単調につづいていく。右を見ても左を見ても、草が点々とはえた、埃《ほこり》っぽい黄色い大地が広がっている。マルおばあちゃんはゆっくりと、でもたしかな足取りで、のんきにペダルを踏む。

青空と金色の大地のあいだになにかが浮かんでいるのがかすかに見えた。近づくにつれ、金属製の建物だとわかった。赤いサテンの布が垂れ、あるかなきかのわずかな風に吹かれて波打っている。それは、うねうねと優雅に宙を這《は》っているように見えた。なにもかもが直線と面だけでできたこんな場所に、あんなに目立つとっぴなものを建てるなんて、白鳥の中にぽつんと黒鳥がいるようなものだ。たしかめてみて損はない。

近づくにつれて、はっきり見えてきた。金属と布でできた建造物、木造のぼろ屋、やはり木造の穀物倉庫、サボテン、それに錆《さび》の浮いた金属の山。その周囲を、今にも倒れそうな金網が囲んでいる。まわりに土はなく、あるのは砂と暑さだけだ。マルおばあちゃんは金網にそってまわりを歩いてみた。今や自転車が杖《つえ》がわりだ。だれも住んでいないように見えたけれど、それにしては布が新しく、きれいすぎる。そうでもなければ、絶対に廃屋だと思ったはずだ。

布の下に、上質だけれど小さめのクッションがいくつか置いてあった。固すぎず（固いとすわり心地が悪いだろう）、かといってやわらかすぎない（こういう環境では、かなりの厚みがないとすわりにくいはずだ）。クッションカバーはそれほどくたびれてない。使ったあとちゃんとどこかにしまっておくのだろう。さもないと、日焼けしてしまう。

おばあちゃんは、人気《ひとけ》のないその農場の敷地への入り口と思われる、金網にしつらえられた大きな扉にたどりついた。扉には鍵がかかっていて、呼び鈴も見当たらない。敷地はとても広く、ここで声を出しても、その家か穀物倉庫（メキシコの砂漠の真ん中にどうして穀物倉庫があるのか不思議だけれど）にいる人に聞こえるかどうかわからなかった。とにかく乾いた唇をこすり、咳《せき》ばらいをすると、大声で言った。

「チリ風アルファホールはいかがですか？」

答えを待った。そのときふと、疑問が浮かんだ。どうしてかごの中のアルファホールはまるで崩れず、こんなに暑いのに詰め物のクリームが腐らないんだろう？　不思議に思って当然のことなのに、今まで気づかなかった。おばあちゃんの顔がほころんだ。こんな歳《とし》になっても、まだ驚かされることがあるなんて。

もう一度声をかけてみた。

すると音もなく穀物倉庫から人が現れ、耳につけていたピスタチオ色のイヤホンをはずした。四十代なかばぐらいの女性だ。背が高くとてもやせていて、肌は浅黒く、長い黒髪には軽くウエーブがある。黒い細身のワークパンツをはいているが、サイズが大きすぎて胸のあたりまで引き上げられており、まくり上げた裾から足首がのぞいていた。離れたところから訪問者をながめ、両側をちらっと確認した。危険はなさそうだと判断したらしい。

やっと扉のほうに近づいてきた。

「なんの用ですか、奥さん？」英語なまりがはっきりわかる。

「アルファホールはいかがかな、と思って」

女性はしげしげとマルおばあちゃんを見た。

「アルファホール？」

「チリ風の」

「水が必要なの？」女性は不信感を隠さずに尋ねた。

「それはもちろん」マルおばあちゃんは答えた。

色黒の女性は、中へどうぞとおばあちゃんを招待し、自転車はわたしが運びますと申しでた。おばあちゃんは断った。

「どうしてまた、こんなところに？」家の中にはいったところで、女性が尋ねた。「ずいぶん遠い場所だと思わない？」

「遠い近いって、なにから？　そしてどこから？　あたしは旅の途中なんです」

「なるほど」

「ところで、ひとつ訊《き》いてもいいですか？　外にあるあの布はなんです？」

「曲芸用の布よ」女性は腕組みをした。「宙吊《ちゅうづ》りになって、いろいろな芸をするの。たとえばダンスとか」

「すてきですね」

「でしょう？　まさか、あの自転車でここまで来たの？」

「はい」

「それなら、曲芸のコツ、いくつか教えてあげられそうね」女性がふざけて言った。

「ぜひお願いしたいところですけど、この長靴下のせいでちょっと難しいかも」

屋内にはほとんどなにもなかった。ソファーがひとつ、ノートパソコンののった机。カメラ。椅子が二脚。冷蔵庫、コンロ、流し。食料のはいった棚。目に見えるところにおかれたベッド。洋服ダンス。床に積まれたたくさんの本。そのかわり壁には絵や写真がところ狭しと飾られている。

「コーヒーでもいかが？」女性が言った。

「喜んで」

女性はキッチンへ近づきながら、煙草《たばこ》に火をつけた。

「煙草を吸ってもかまわない？」

「ええ」マルは答えた。「あたしぐらいの歳になると、困ることなどほとんどなにもないんですよ。たまに自分の体に往生するぐらいで」

女性はうなずき、深々と煙草のけむりを吸いこんだ。

「わたしはホープ」

「存じてます」マルおばあちゃんが言うと、ホープは驚いた顔でこちらを見た。「エルメル・エスポーシトをさがそうとしてるんです。ホープ・デレンという人が居場所を知っているかもしれないと聞いたもので。あたしならきっと見つけられるとわかってました」

ホープはやはり目を丸くしている。

「わたしがどこに住んでいるか、その人から聞いたの?」

「いいえ。あなたの住所はだれも知らないと言われました。でも、きっと会えるとあたしにはわかってたんです」

コーヒーポットがしゅんしゅんと音をたてはじめた。ホープは火を止め、煙草をもう一服した。それから流しに灰を落とした。

「エルメル・エスポーシトを知ってるの?」ホープが尋ねた。

「いいえ。でもあたしの孫なんです」

「でもそんな……」

「まさかありえない? 孫がいるってこと、最近になって知ったんです。死の貴婦人カトリーナのお迎えが来るまえに、会っておきたいと思いましてね」

ホープはおばあちゃんにコーヒーを出し、黙りこくっていた。

「彼の母親を知っていたの」とうとう口を開いた。「わたしはここに向かっていた。彼女は逆にアメリカに逃げようとしていた。逃げたのは……」

「知ってますよ。息子のサンティアゴからよね。息子はアルコール依存症で、ドラッグでも問題を抱えていた」

「彼女、いったんはベラクルスに住んだけど、まだ立ち直れていなかった。おたがい、目的地に向かう途中でたまたま出会ったの。部屋にいた女はわたしたちふたりだけだった。だからいっしょにお酒を飲みはじめたのよ。杯を重ねるうちに、彼女がこれまでの人生について語りだした。エルメルという息子がひとりいるけれど、夫のサンティアゴのもとに残してきたと打ち明けた。それから何年もたって、偶然そのエルメルという息子さんのことを知るようになったの。それがエルメル・エスポーシト。彼の作品を分析していろいろな要素を結びつけたら、この若者こそあの女性が話していた息子だとぴんときた。女性の名前さえ思い出せないのだけれど」

「あたしの息子から逃げなければならなかったなんて、悲しいことです」

「どうか自分を責めないで」ホープはそう言ってから、コーヒーをひと口飲んだ。「彼女だってどっちもどっちだった。第一、息子を置き去りにする母親がどこにいるの？」

マルおばあちゃんは、赤ちゃんを抱いていた少女エスメラルダのことを思い、それから、なにも覚えていないとはいえ自分の母親のことを考え、ほほ笑んだ。ホープはマルおばあちゃんの表情に気づき、こんなときに笑うなんて不謹慎だと思ったものの、たいしたことではないので口には出さなかった。

「不躾《ぶしつけ》な言い方をしてごめんなさい」ホープは謝った。「人とかかわりをもたなくなってずいぶんたつから、社会性がなくなって、まともに振る舞えないのかも」

「いいんですよ。エルメルを知っているとおっしゃいましたよね？」

「残念ながら、個人的には知らないのよ」

おばあちゃんは軽くうなだれた。さすがに落胆していた。

「いいんですよ」ともう一度言う。

「でもお孫さんの作品を研究したことはほんとうよ。ベラクルスじゅうのあちこちに作品があって、いろいろな情報を総合すると、今もそこに住んでいると思う」

マルおばあちゃんは落ち着きをとりもどした。ヒントどおりに正しい方向に進んでいるとするなら、エルメルは見つからないかもと恐れる必要などないのだ。ホープ・デレンから孫の居場所についてはなにも聞けないと知り、ついがっかりしたけれど、希望を失ってはいけない。心から望めば、天はおばあちゃんを見放さない。

それに、ひとりきりでこの道を進んでいるのではないと、よくわかっていた。受け取ることとおなじくらい、あたえることが大事なのだ。

「あなたはどうしてこの砂漠に?」マルおばあちゃんは尋ねた。

「自分さがしね。自分のほんとうの声に耳を澄まそうと思ったの」ホープが答えた。「アメリカではかなり有名なアーティストだったのよ。毎日なにかしらイベントに出て、マスコミからはちやほやされ……。たぶん、なにもかも疲れちゃったんだと思う」

「あなたがた芸術家は、自分の作品が話題になればうれしいものだと思ってましたよ」

ホープは悲しげに薄くほほ笑んだ。なにかを懐かしむような表情だった。思ったようにはならず、心の底では人前から姿を消したことを後悔しているかのように。

「そうかもね」ホープはそう答えただけだった。

「作品をつくるのをやめてしまったんですか？」

「アーティストなら、やめることなどできないわ。ほかの職業とはちがうのよ。いいえ、職業なんかじゃない。むしろ生き方と言ったほうがいい。呼吸をするように創作をするものなの。以前とちがうのは、プライバシーを守るため、作品を発表する場がインターネットやSNSになったということだけ」

若い世代にとっては、サイバースペースのバーチャルな世界がそれだけ重要なのだ、とおばあちゃんは思った。

「建物の外のあの布も、パフォーマンスで使われていたんですか？」

「いいえ」ホープは気を取り直して言った。「ネット上でいくつかビデオを見て、おもしろいなと思っただけ。ここに来たとき、そこで見た建物を建てて、布を垂らすことにした。ずいぶん興味があるみたいね。どういうふうになっているか、じかに見てみる？」

「ぜひ」おばあちゃんは大喜びで言った。「でもそのまえにアルファホールを」おばあちゃんはお菓子をさしだし、ホープは喜んでそれを受け取った。

「ちょっと待って。それ用の格好をしなきゃ」

彼女は恥ずかしがるでもなく細身のワークパンツをその場で脱ぎ、下着姿になった。洋服ダンスの引き出しから網タイツとレオタードをとりだし、下着の上から身に着けた。

「準備OK！　外に出ましょう！」

木造の家から出たとたん、ふたりの目は直射日光の直撃を受けた。どちらも反射的に目の上に手でひさしをつくる。

歩きながら、マルおばあちゃんは尋ねた。

「こんなところに女ひとりで住んで、あぶなくないんですか？」

「正直な話、わたしが引っ越してきてから、ここに立ち寄ってくれた人はあなたがはじめて」

「ほんとうに？」

「ええ。布が垂れ下がっているあの金属の塔だって、このあたりに捨ててあった金属くずを使って、わたしひとりでつくったの」

「この土地はだれのものだったんですか？」

「さあ。あるアメリカ人の仲介で買ったんだけど」

ホープ・デレンは赤いサテンの布をするすると伝って、六メートルほどの高さまでのぼった。とても優美で正確な身のこなしで、力を使うでもなく、難なく上がってしまった。するると、布を使っていろいろな役を演じはじめた。あるときはキリストに見え、またあるときはブッダに見え、逆立ちしたり、体を倒したかと思うと何メートルか落下してみせたり。

「やってみる?」ホープが上方から言った。

「観《み》てるほうがいいわ。すごくきれいなパフォーマンスですね」

ホープはそうしてもうしばらく飛びまわり、やがて布を滑り下りてきた。マルおばあちゃんは感激して拍手喝采した。小さな子どもにもどったような気分だった。

「どうもありがとう。暑いし、おたがい熱中症になったらたいへん。よければ泊まっていかない?」

「それはありがたいわ」おばあちゃんは言った。

ホープ・デレンは、穀物倉庫にあるスタジオにおばあちゃんを案内した。そこには絵、木や金属のかけら、道具、そしてまた道具……。ひどい散らかりようで、ホープしかどこになにがあるかわからないし、彼女にしか意味をなさないだろう。でもそこから、人々に高く評価されている、ホープならではの作品が生みだされるのだ。

その日の午後じゅうずっと、ふたりはそれぞれの人生について打ち明け話をした。マルはどちらかというと聞き役になることが多かったけれど、年下の女性を相手に包み隠さず自分の過去について話した。サンティアゴのこと、息子の、そして自分の子ども時代のこと。なぜ息子を身ごもったかまで洗いざらい。

「最低の豚野郎だね」ホープはウンベルト氏のことをばっさり切って捨てた。

「ウンベルトさんを責める気はないし、恨んでもいない」おばあちゃんは言った。「もちろん正しいおこないだったとは思わないけど、人はそれぞれ、人生の女神さまから配られたカードでできることをするものよ。あたしはね、人の行動には二種類しかないと思うようになったんです。愛をあたえるか、愛を求めるか。憎しみ、暴力、蔑《さげす》み、いやがらせみたいな、正しくない行動の根っこにあるのは、愛を切実に求める苦しい気持ちなの」

「だから人を傷つけずにいられないってこと？」

「世界は完璧《かんぺき》じゃないんですよ、ホープさん。それから何年もして、ウンベルトさんが破産したことを知った。奥さんのマリア・フェルナンダさんはそのまえに亡くなっていた。子どももいなかった。いろいろとうまくいかなくなって、間違った決断をしてしまい……」

「詩的な正義の鉄槌《てっつい》がくだされたってわけか」ホープはそうつづけて、また煙草に火をつけて一服した。

「ウンベルトさんはあれこれ事情を考えて、残された選択肢を選んだんだと思います。あたしはだれのことも裁く気はありませんよ」

「それでも、情けない男だとやっぱり思う」

マルおばあちゃんはそれについてはなにも言わなかった。

「あの布を使ったパフォーマンス、とても気に入ったわ。手は空へ、足は大地へ。ウンベルトさんもいつもどおりのやり方をつづけていれば、ひとりぼっちになることも、破産することもなかっただろうに」

「どういう意味？」

「夢をなくす夢想家を大勢見てきたわ。仕事にしろなんにしろ、必要に駆られてとりかかるんだけど、ちゃんと頭を使おうとしない人たちがたくさんいる」

「なにかにとりかかる……とにかくはじめなきゃって、そればかり考えている人が多すぎるね。ほんとうの自分になれ。危険に乗りだせ。挑戦しろ。望まない人生を送るな。起業しろ。君ならできる……。どれもたいていは失敗する」

なんの話かよくわからず、おばあちゃんはホープを見た。

「アメリカ大開拓時代の西部では、金で一発当てて金持ちになった人はほんのひと握りだったそうですよ。ほんとうに金持ちになったのは、つるはしやシャベルを売った人だったんですって」ふたりは大笑いした。「夢を追いかけることは大切だとあたしだって思うけど、頭を使わなきゃいけない。それはあなたの布の曲芸とおなじです。宙で飛びまわっていても、かならずどこかで体を支えているし、地面にはクッションをおいている。ちゃんと自分で自分の身を守っている。そうしておけば、たとえ失敗しても、落ちたときの衝撃は最小限になる。そうでしょう？」

「あなたの表現、完璧」

「指をパチンと鳴らしただけでほしいものが手にはいると思っている人がいる。まるで魔法みたいにね。でも、すこしは努力しなきゃ、なにひとつ思いどおりになんてならない。もちろん信念は大事だわ。あたしはアルファホールを全部売りきること、そしてエルメルを見つけることについては、絶対にできると信じてる。でも、そもそもアルファホールをこしらえなきゃならないし、自転車で長い距離を走らなきゃならない」ホープはうなずいた。「インターネットみたいなたくさんの新発明で、人はそれぞれひとりで生きていると信じこまされている。おたがいに切り離され、現実からも切り離されている。今のあたしたちのつながりは表面的なんです。あたしたちはまぼろしで、アバターで、修正ずみの写真で、きれいに着飾った物語で、やりとりをしている。でも現実は汚い。ときに排泄物《はいせつぶつ》のにおいさえする。あるいは、売ってもらったのは病院の手術室なのに、花やクリームの甘いにおいがしたりする。あなたはどう思う？」

「わたしたちはみな、おたがいを必要としあってると思う」ホープが答えた。

「そのとおり。あたしは孤独を楽しんでいるし、たいていはひとりでいる。ウンベルトさんのあとは、男の人とひとりもつきあったことがないくらい！　もちろん、そのまえもね。男なんて必要なかった。だけど、あなたを囲むまわりの人は必要よ。周囲から切り離されてしまっては、人は生きていけないわ、ホープさん。あたしはまだほんの子どものときに、無理やり自分で自分をまわりから切り離してしまった。そしたらしまいに、自分と会話をするのにほとほとうんざりしてしまってね。話すネタもなくなっちゃった。人の内面も、他人と分かちあえばそれだけ豊かになる。ちがいますか？」

ホープはマルおばあちゃんの言葉についてじっくり考えた。

「仏教徒というものは、修行僧になって、世界から自分を切り離したがっていると考える人が多い。でも、賢明な高僧たちは、最終的には人々が暮らす日常へ、俗世へもどるべきだと知っている」ホープは言った。

「仏教徒がどういうものか知らないけど、言っていることは正しいと思うわ」

ホープはにっこり笑った。

おばあちゃんはつづけた。「さて、こうしてはっきりした今、ここでまだなにかすることがある？　あなたはなにから隠れてるの？　なにを恐れているの？　砂漠の真ん中で隠《いん》遁《とん》生活をするなんて馬鹿げているし、そんな必要はないと認めるのが怖いのかしら？　あれこれ後悔するのは、犬が石に噛《か》みつくようなものですよ。つまりばかばかしいってこと。書物も、知恵も、考えも、善意も、信念も、実行に移さなかったらなんにもならない。実践して、人と分かちあうことが大切なの」

「でも、正しい決断をしたかどうか、わかるものかな？」

「最後はだれもがこう自問自答することになる――ほんとうにそれが望みなのか？　それを実行してどんな結果になっても、受け入れる覚悟はあるのか？　実行した十分後、十か月後、十年後に、結果をたしかめる勇気はあるか？　正しい決断というのは、責任を引き受けることよ。ほかの人々に対しても、自分自身に対しても、責任をもつ」

　ホープは思いをめぐらせた。

「心の声を聞くといい」おばあちゃんはつづけた。「ただし、その声が周囲にあるものときちんと対話をつづけていることが条件だけど」

「わたし、たしかにずっと唯我論《ゆいがろん》にとらわれていたみたい」ホープは認めた。

「唯我……？」

「世界にはわたしたちしかいない、もっとはっきり言うと、わたししかいない、という考え」

「くだらない考えだし、大きな間違いね。でも、人間がときどき愚かな過ちを犯す理由がそれでよくわかる」マルおばあちゃんは、ホープの説明を首を振り振り聞いていた。

　すこしずつ日が暮れていった。夕食の時間に、ホープは野菜を鉄板焼きにした。ベジタリアンなのだ。人を見捨てた勝者は敗者、という古いことわざの意味がようやくわかった。ホープは、だれも逃げられないものから逃げて、この砂漠の真ん中にある農場に引っ越してきた。つまり、自分自身から逃げようとしたのだ。せっかくの成功に感謝もせず、自分らしさをなくさずに成果を喜ぶにはどうしたらいいか考えようともせずに、地の果てに逃げ、自分の殻に閉じこもった。

じつのところ、インターネットの架空世界や匿名《とくめい》だからこそのエゴイズムにすっかり熱中し、他者や自然界とのふれあいをなくしていた。それもこれも、今までどおり忙しくし、ストレスを感じつづけたいと願い、これまで自分の芸術が人にあたえたおなじインパクトを期待したからだ。今までどおりでいたかった、ただしひとりきりで。

自分ひとりのためでなく、人のために知識を役立てる時が来たのだろう。

「もしよければ、明日軽トラックでベラクルスまで送っていくよ。ぜひ、そうさせて」

「ありがたいけど、ひとりで旅をつづけなきゃならないの。説明しなくても、あなたならわかってくれるでしょう？」

「無理にとは言わないよ」ホープは言った。「気持ちはわかる」

「エルメルの作品を研究してたと言ってましたよね。作品をとおして、なにを言おうとしてると思う？」

「ちょっと待って。たぶんサンプルを見せてあげられるわ……」ホープはノートパソコンを手にとった。「うわ、接続がだめだ。インターネットって、いつも思うようにならない。気まぐれなんだよ」

「気にしないで。考えを聞かせてくれればそれでいい」

ホープは大きく深呼吸した。そうして考えをまとめ、言葉を正確に使って、おばあちゃんにわかりやすく表現しようとする。

「はっきりとは言えないけれど、作品を通じて自分で自分を変えようとしたように見える。愛を求めること、赦《ゆる》したと伝えること、それが目的だと思うよ。エルメルはもうだれのことも、どんなことも恨んでいない。とにかく希望のメッセージを送ろうとしているんじゃないかな」

「希望のメッセージ……」

マルおばあちゃんがそうつぶやいたとき、突然空が晴れ、満天の星が現れた。おばあちゃんは指で星を結んでいき、円を描いた。そしてにっこり笑った。

「明日は長旅が待っている。そろそろ休ませてもらいますよ」

ホープが熱心に勧めたにもかかわらず、マルおばあちゃんはベッドもソファーも使わず、玄関ポーチにシーツを広げた。

「ほんのすこしの空腹とほんのすこしの寒さで、子どもも大人も鍛えられる」おばあちゃんはほほ笑んで言った。「おやすみ、ホープさん。いろいろと気を遣《つか》ってくれてありがとう。あなたならきっと帰り道が見つかりますよ」

「帰り道って、どこへ？」

「自分自身よ」

「希望はなくさないよ」ホープはそう言って、左の頬《ほお》の内側を噛んだ。おばあちゃんの言うことは、もう完璧に理解していた。

マルおばあちゃんは目を閉じたが、それをよそに、世界はにぎやかに踊りつづけた。おばあちゃんがいてもいなくても、変わらずに。でも世界はおばあちゃんを見守りつづけ、必要としつづける。いつまでも踊りつづけるほかの人たちのことを見守り、必要とするように。

第九章　できたものを収穫し、あとにつづく世代を助ける。愛、共感、寛大さ――これが永遠の若さの秘訣

利己主義のせいで自分のことしか目にはいらないとき、ささいな問題さえ耐えがたくなる。

ダライ・ラマ

出発するまえ、マルおばあちゃんはホープに、もしエルメルを見つけられたらかならず紹介すると約束した。

「あなたならきっと見つけるよ」ホープは金網の扉のところで言った。

「そんなふうに信頼してくれること、そしていろいろともてなしてくれたこと、ほんとうに感謝しています」

おばあちゃんの姿は自転車がたてる砂埃《すなぼこり》にかき消された。ホープはそこに立ち、影がすっかり見えなくなるまでおばあちゃんを見送った。

ぎらぎらと輝く太陽の下、マルおばあちゃんはふくらはぎをしっかりと靴下で覆《おお》って、二、三時間休まずに自転車を漕《こ》いだ。旅に集中していたが、ごくたまにすれちがう人（ほとんどが労働者だった）にはにっこりほほ笑んで挨拶《あいさつ》した。遅かれ早かれきっとエルメル

は見つかると、ただただ信じていた。だから疲れは感じなかった。

道ぞいに軽食屋があるのを見て、ひと休みして喉《のど》を潤すことにした。自転車を戸口に停《と》め、中にはいる。店内は閑古鳥《かんこどり》が鳴いていた。実際、退屈した様子の店主と、戸口に背を向けた五十がらみの男がいるだけだった。男はスツールにすわり、バーカウンターに肘《ひじ》をついて軽くうつむいている。おばあちゃんはそういう雰囲気の人を、長年のあいだに大勢見てきた。酒で頭と心が鈍りはじめた、アルコール依存症の孤独な男の典型的なポーズだった。

店主は店にはいってきたマルおばあちゃんを目で追っていたが、ぼんやりしたまなざしだった。見るべきものはもうすべて見たので、なにを見ても驚かない、そんな感じだ。白いシャツを着た白髪の男は、新しい客が店にはいってきたことに気づかなかった。マルおばあちゃんはカウンターに近づき、挨拶すると、水をすこしもらえないかと頼んだ。白シャツの男はおばあちゃんのほうに顔を向け、不躾《ぶしつけ》にじろじろと見た。

「一杯ひっかけに来たのか、奥さん？　わたしがおごろう」

「ちがいますよ、お酒は飲まないんです。でもご親切にありがとうございます。朝からずっと自転車に乗りっぱなしだったので、休憩したくて」

「ここまで自転車で？」

「ええ、そうですよ、旦那さん。あなたは？　表に車は見かけなかったけど」

男は舌打ちし、まもなくぶつぶつなにか言いはじめた。メキシコ特産の蒸留酒メスカルのはいったグラスを両手でもっている。

「運転手に送ってもらったんだ。あとで迎えにくるようにマルおばあちゃんにも匂いがわかった。」

「運転手に送ってもらったんだ。あとで迎えにくるように頼んである。店の前に停めた車を人に見られたくないんでね」

店主は不機嫌な様子で水のグラスをカウンターにおいた。

「どうぞ、奥さん」

「ありがとう」

「こんなところでなにしてるんだね？」男が尋ねた。

「あなたの身の上話のほうがずっとおもしろいと思いますけど」おばあちゃんは答えた。

「わたしの話なんてへどが出るぞ」男はグラスを掲げた。「銀行口座に金があふれているのに、砂漠の真ん中のあばら家でひとりへべれけになっているおいぼれの物語だ。な、どう思う？」

「もっと悲しい話をいくらでも聞いたことがありますよ」おばあちゃんは返した。

「老いと孤独以上に気の滅入《めい》るものがほかにあるか？」

「ほかにどうなりたいっていうんです？　だれだっていつかは年寄りになるんだから。だけど、あなたはまだまだ年寄りとは言えない」おばあちゃんはにっこり笑ったが、相手は笑い返してはくれなかった。「それに、ひとりにだって、なったことはないでしょう」

「わたしはほんの子どものころから働いてきた」男はアルコールくさい息を吐きながら言った。「父は家族を捨て、わたしが家族を養わなければならなくなった。似たような話を山ほど聞いてきたとは思うが」

「残念ながら、おっしゃるとおりです」

「ほんとうに酒は飲まんのか」

「はい」

「飲むなと諭《さと》す気もない？」

「はい」

「それはよかった」

「じゃあ、アルファホールをひとついかが？」

男はメスカルをぐいっとあおった。

「金を使って贅沢《ぜいたく》するでもなく、こんなところでなにをしてるのかと訊《き》きたいだろう」おばあちゃんの問いかけには答えずにつづけた。マルとしてもたいしたことを尋ねたわけでもないし、この男はとにかく心中を打ち明けて楽になりたいのだと察した。だからなにも言わなかった。「わたしはもっと金がほしい。ここにいるのはそれが理由だ」

「なんのためにお金を？」

「金さえあれば自分を哀れな人間だと思わずにすむ」

「仕事のことはよくわからないけれど、ここにいて金儲《かねもう》けができるとは思えませんね」

「金というのはどこにでもある。気のもちようなんだ。だが今は酒を飲むことだけを考えている。くよくよ考えるのをやめて、穏やかなひとときがほしいんだ。たとえこんなふうに自分を罰することになったとしても」

「家族は？」

「結婚していたこともあったが、何年もまえに妻は家を出ていった。妻は悪くないんだ、じつのところ。わたしはちっとも家に寄りつかなかったし、いたらいたで妻をないがしろにした。よくある話さ。もっと個性的な人生を送れなくて残念だよ」男はつっかえながら後悔を口にした。

「そんなにお金を貯めこむ能力があるなら、ほかのことだってできるでしょう」

「なんだって？」

「あなたはひたすら金儲けに集中し、みごとにやりとげた。その強い意志こそが、あなたを今のあなたに変えたんです。とにかくひとつのことに集中し、それを成しとげるためにひとつひとつ必要なことをした。あなたは、すくなくとも金儲けってことでは、自分で自分の世界を築きあげたんです。おなじように集中すれば、ほかのことでも目標を達成できるでしょう。実際、見方を変えれば、見ている世界は変わります」

「わたしはそうは思わんね、奥さん。世界は、わたしたちの考える世界とはまったく関係なく存在する」

「なんとかしようとしても、手の中からこぼれ落ちてしまうものはもちろんあります。でも、それをどう解釈するか、あたしたちはいつでも選ぶことができる。あたしたちにできることはそれだけ。でもとても大事なことです」

「わたしみたいな、指のあいだから滑り落ちる砂のようにただ年月を無駄にしてきたおいぼれに、なにができるっていうんだ？」

「どんな仕事をしてるんですか？」

「ものを買って売る。商売だよ」

「あなたの話からすると、商才があるんですよね？」

「まあね」

「成長する方法を後進に教えてはいかが？　若い人たちに手をさしのべればいい」

「どうやって？」男はうんざりしたように顔をしかめた。

「さあ。寄付をする、本を書く、若者たちと話をする。今ならブログで知識を広めることもできる……」

「ブログ……」男は、自分よりはるかに年上のご婦人の口からそんな言葉が飛びだしたのを聞いて、苦笑した。「どうして人の指導なんか？　わたしが金儲けの秘訣《ひけつ》を教えたがるとでも？　そんなことをするのはただの馬鹿だ！　人が儲ければ、わたしは損をする。世のため人のため、なんて嘘《うそ》だ。もてる者がいれば、もたざる者もいる」

マルおばあちゃんはほほ笑み、とてもゆっくりと首を横に振った。

「そんなことはありませんよ。すべてはすべてのためにある。あたえればあたえるほど、たくさん手にはいるんです」

「おもしろいパラドックスだ」男はそう表現した。

おばあちゃんは〝パラドックス〟という言葉の意味がわからなかったが、口は挟まなかった。

「人生もあるところまでたどりつくと、成果の収穫がはじまります。そのあと選ぶ道はふたつにひとつ。貯めこむか、分けあたえるか。人を助けずに勝つのは負けってことはわからなくても、それはわかるでしょう？」

「残念ながら、わたしは〈よきサマリア人〉ではない」

「今からだってなれますよ」

「もう遅すぎる」男は泣き言を言った。

「逆ですよ」マルおばあちゃんは諭す。「人を助ければ助けるほど、知恵を人と分かちあえば分かちあうほど、自分自身が助かり、学ぶことができる。そうして学びつづけるあいだは若くいられます。それこそが永遠の若さの秘訣。生き物がみなそうであるように、体は衰えていくとしても、魂はけっして歳《とし》をとらず、体の衰えも気にならなくなる。もっと大事なことを気にかけるようになるでしょう」

「自分より大事なものってなんだ？」

「次の世代のために種まきをすること。そうしてはじめて自分の限界の向こう側へ行ける。あたしたちを切り離し、ひとりひとりが閉じこもっている、ちっぽけな枠組みの向こうへ行くことができる。ほんとうの成長をしたくはないですか？　たとえあなたが自分のことしか考えない徹底したエゴイストだとしても、このやり方ならもっと遠くにたどりつける。時を超え、あなたが牢獄《ろうごく》だと思いこんでいる体の限界を超えて」

「エゴイズムを肯定する理論なんてはじめてだ」男は悲しげに笑った。

「エゴイズムを肯定しているわけじゃない。あたしが言いたいのは、たとえエゴイストでも、成長したいと望めば、できるってことです」おばあちゃんはそこでひと息入れ、水を飲んでから先をつづけた。「成長するに従って、あたしの言葉のほんとうの意味をあなたは理解し、自分だけに目を向ける愚かさに気づいてエゴイズムを捨て、真の幸福とはなにか知るでしょう。人に分けあたえてはじめて、本物の成長ができる。へんな考えだと思うかもしれないけれど、それが事実です。樹木は、成長するにつれて果実を分けあたえてくれます。でも、引き換えになにかを求めたりしません」

男はグラスが空なのに気づき、もう一杯頼もうとしたが、こらえた。

「もちろんそのまま習慣を変えずに、こういう場末の軽食屋で泥酔する毎日をつづけることもできる」

男はすこしうなだれたが、おばあちゃんにはっきり言われて後ろめたいというより、ほっとしていた。

「子どもたちが赤ん坊のことを、大人が若者のことを気にかける、そんな世の中を想像してみてください。みんながそれぞれ次の世代を大切にするようになればどうなるか？　年寄りはお荷物ではなく、知恵の泉です。世界にはびこる暴力が減り、不安もなくなる。競争し、自分の利益を求めて突き進むばかりでは、だれからもなにも教えてもらえません」

「神さまが教えてくれるだろう」男は皮肉めかして言った。

「自分のつくった人間たちのために、わざわざそんな手間をかけてくださるとは思えませんね」

男はうなずいた。

「じゃあ、答えはお金という名の神さまだ」

「あなたにしか通用しない答えね」おばあちゃんはまわりをちらりと見て指摘した。

「あんた、なんのためにここに来た？　わたしのジミニー・クロケット（『ピノキオ』に登場する、良心をつかさどるコオロギ）か？」

おばあちゃんはにっこりした。

「自分の目的はなにかを成しとげることだと人は考えるものだけれど、やがてそうじゃなかったと気づく。だから、あなたがこんなふうに自堕落になったことにも、あたしは驚かない。今あなたはだれかに背中を押されるのを待っているみたいに見える。人生の総括をする時期にいるんですよね？　わたしが目指していた場所はここなのか？　もし別の道を選んでいたらどうなっていた？　今わたしは幸せなのか？　いつどんなふうに死ぬんだろう？」

自分の場合、五十代になったとき、むしろ余計なことはあまり考えないようになっていったけれど、ふつう人は人生なかばにさしかかると、この手のことを自問自答するようになる。あれは成功した、これは失敗した、そんなことばかり考えてしまう。それに、死に対するぼんやりした不安がつねに頭から離れなくなる。

時間を有効活用してこなかったんじゃないかと疑いだすと、終わりを迎えるのが怖くなる。だって、あとは病気と死の恐怖以外になにが残る？　おばあちゃんなら迷わずこう答える──時間を止めることはできないけれど、それが悩みの種になったりしない時間の過ごし方がある。要は、歳をとっても学びつづけること、若い人たちの経験からいろいろと吸収しつづけることだ。偉大なロックスターたちもそれを堂々と実践している。新しい才能が現れたら進んでコラボしたり、〝後援者〟になったりするのだ。そうすれば、おたがいウィン・ウィンの関係になれる。

自分は環境の犠牲者だと考えている人が多い。この酔いどれ男もそうだが、世界はこっちがそれをどう見ようと、どう感じようとおかまいなしだし、この世界こそが、自分を苦しめている諸悪の根源だと決めつけている。そうでなければ魔法を使うしかないと考えているらしい。自己啓発書にあふれる戯言《ざれごと》の数々やら（おばあちゃんには読めないけれど）、世情が不安定なときにはとくにわらわらと湧きだす、指一本動かさなくても望みがかなうと人々を言いくるめる魔法のレシピやら。

でも、マルおばあちゃんの歩んできた人生の道のりに魔法などなかった。必要なのは、自分がなにをしたいのか（あるいはすくなくとも、なにをしたくないのか）を見極め、かならずできると信じ、とにかく前に進むことだ。あとはなるようになる。

魔法なんかじゃない。やりとげるという強い意志と前向きな気持ちに支えられた行動、ただそれだけだ。目的を達成すると信じないなら、なんのために行動するのか？　自分は間違っていたとあとで認めるため？　失敗に向かって突き進む雪玉といっしょにただ転がっていくほうが楽だから？　さぼるのが楽なのは間違いない。そして、たいていの人は無意識のうちにそうしている。

どうせだめだと思っていては、満足感はけっして生まれない。

「どんな人生を夢見ていたのかと、さっきあんたは訊いたよな」実業家が言った。

「はい」

「憧れだった家族をもち、余裕のある人生を送り、多少の気まぐれは許されるような暮らしがしたいとずっと思っていた。贅沢がしたかった」

「そのとおりになったでしょう?」

「いいや、まったく。子どもはいないし、妻はわたしにうんざりして家を出ていった。わたしは仕事に没頭し、せっかく蓄財しても楽しむ余裕はなかった。手段と目的をとりちがえたんだと思う」

「つまり?」

「若いころの夢より物質的な利益を優先させたのさ。成功者だと世間では思われているが、実際は落伍者《らくごしゃ》だよ」

「それだけ成功してるのに、落伍者のわけがない。そんな大金持ちになれたんだから、やろうと思えばできますよ。自転車に乗るのとおんなじです。できるかどうかわからないままやらずにきたことなら、可能性はある。自転車には乗れますか?」

「もちろん」男はにっこりした。

「はじめて乗れたときのこと、覚えてますか? 意欲と希望にあふれ、でも不安もあり、ハードルを越えようとねばり強くがんばった。そして、この新しい技術を身につけたら世界が広がり、成長できると信じていた。ちがいますか?」

男の目に涙があふれた。

「成長することなんて、忘れてたよ」声をしぼりだす。

「問題はそこなんです。すでに知っていたことなのに、人はつい忘れてしまう。だからもう一度覚えなきゃならない。たった今……」

「長い眠りから目覚めたかのように」男がつづけた。「ところで、あらためて訊こう。どうしてまたこんな場所に？」

マルおばあちゃんはここまでの道のりについて、そして長い旅路のあいだに学んだことについて、かいつまんで話した。あんたのお孫さんの話は聞いたことがないし、芸術にもあまり関心はないが、ぜひ作品をひとつ買いたいと男は言った。才能ある若者たちを支援する気になったらしい。

「運転手がまもなく迎えに来る。どこでも送っていくよ」

「ありがとうございます、旦那さん。でも、やはり自転車で行きます。旅の途中で学ぶことがまだいくつか残っているような気がするんですよ」おばあちゃんはほほ笑んで言った。

「わたしなんかよりはるかに先輩のあなたにアドバイスなどするつもりはないが、どうかお気をつけて」

「はい、そうします」

「そうそう、さっき勧めてくれたアルファホールをひとついただけるかね？」

「もちろん！」

マルおばあちゃんはエプロンのポケットから小さなアルファホールをひとつとりだし、

男はそれをゆっくりと味わいながら食べた。

「とてもうまい」

「ありがとう。芸術はあまり好まないとさっき言ってましたね。あたしも芸術はほとんどわからないけど、美を愛《め》でるのはとても好きなんです。毎日なんとなく、朝焼けみたいな美しいものをぼんやりながめる。身のまわりにある美を楽しむだけですけど、ついうっとりしてしまいます。美しいものに囲まれるって、大事なことだわ。美は富よりすばらしい。それそのものが貴重で、ほかになにかを目指したりしない。あたしたちすべてを超えたところにあって、だけどなにも代償を求めずに心を楽しませてくれる」

男はうなずいた。

「わたしの名はエルネスト・ボロンだ」

「あたしはマルおばあちゃん。どうぞよろしく」

そのときクラクションの音がした。

「もう行かなければ。知りあえてよかったよ」

「こちらこそ」

男はおばあちゃんの腕をさすって言った。

「どうかペダルを漕ぎつづけてください、マルおばあちゃん」

おばあちゃんは笑顔を返した。男はなんとかまともに歩こうとはしているが、あっちでよろけ、こっちでつまずきしながら去っていった。

ウェイターが男のグラスを下げ、布巾でカウンターを拭《ふ》いた。壁にかかっている小さなスピーカーから、土地の音楽が流れている。

おばあちゃんは無言のまま、しばらくそこにすわっていた。

第十章　おまえを知っている。ほかでもない、それがおまえなんだ！

おれはおれ（もぐ）、そして（もぐもぐ）、おれはこのおれ以外のなにものでもない（もぐもぐもぐ）！

ポパイ・ザ・セーラーマン

マルおばあちゃんは、孤児院にいたころの夢を見ていた。反抗的で神経質な女の子だった。やがて妊娠し、行き場をなくした自分が現れた。木の葉のように生きてきたし、世界は善《よ》きものと思っている。悪は、ねじれた愛を求める者の目を覆《おお》うベールから生まれる。おばあちゃんは目を覆っていた黒いベールを引っ剝《ぱ》がした。二十六歳のときだと思う。おばあちゃんの顔は日光を浴びて輝いた。小さなチリ風アルファホールをながめる。自分のルーツと今のおばあちゃんをつなげるお菓子。つかむまえに引っこ抜かれた根っこの部分や子ども時代と、今をつなぐ。アルファホールを手にとったとき、目覚めた。

自分自身であるには、本来の自然な自分を思い出すことだ。

夜が明けようとしていた。おばあちゃんは道端で野宿していたのだった。いつものように地平線に顔を向けて静かに深呼吸をしたあと、わずかな荷物をまとめようとした。するとそのとき、猫の鳴き声が聞こえた。

「猫……」思わず声を出す。「こんなところに猫がいるなんて、おかしいね」

あたりを見まわしたが、それらしいものは見えない。

ところがまた鳴き声がした。おばあちゃんは首を振り振り、荷造りをつづけた。するとまたニャア。こんどはもっと近くで、さっきより切迫感がある。おばあちゃんは両手を腰にあて、地平線に目を凝《こ》らした。

「それにしても、砂漠なんかにわざわざ迷いこむはめになるとはねえ」

見渡すかぎりたった一本だけそびえているサボテンの陰から、やせこけた黒猫がひょっこり姿を現した。人間がいることに気づいて、近づいてみる気になったらしい。どこか誘うようにしゃなりしゃなりと歩いてくる。その足取りに迷いはない。

「おまえさんみたいに小さな猫が、こんな荒れ野でいったいなにしてるの？」おばあちゃんは尋ねた。

猫はその問いに答えるかのように、喉《のど》をごろごろ鳴らしながらさらに近づいてきた。

この猫はどうしてこんなに落ち着いているのだろう？　猫にとっては居心地がいいとはとてもいえない環境だというのに。それどころか、危険さえ待ちかまえていそうな場所だ。でも猫はそれを知らない。因果関係だとか統計学だとかに支配された世界、過去と未来という時制がそれぞれしっかりと存在する（一般に過去によって未来が決まる）世界には住んでいない。逆に、なにも知らないおかげで、純粋に今だけを生きることができる幸せな世界にいる。自分がだれか知らないまま、自分自身でいられるのだ。なまけているように見えて、つねに注意を怠らない猫たち。ちょうど、しばらく静まっていたかと思うと次の瞬間バリバリバリッと放たれる、嵐のときの稲妻みたいだ。

マルおばあちゃんはつね日頃、猫というのは魔法使いだと思っている。どんな生き物より進化した、特別ひいでた存在。相手が人間だろうとなんだろうと心をあやつり、思いどおりにしてしまう。ものぐさでいながら、まわりを動かし支配してしまう自分の力を、充分わかっている。でも、そういうところをあえて見せつけようとはしない。リスを怖がらせるためにクマがわざわざ仁王立ちする必要などないように。なわばりやわが子は大切に守るが、けっして群れない。瞑想《めいそう》もすれば武術も実践する、少林寺の僧さながら。

おばあちゃんは水筒の蓋《ふた》にすこし水を注ぎ、猫が飲めるように地面に置いた。

「こんな小さな器しかなくてごめんね」

水を飲む猫をながめるうちに、メスだと気づいた。

「なんてかわいい子だろう」心の声がつい出てしまう。

猫が満足したのを見ると、おばあちゃんは蓋をすすぎ、猫が立ち去るのを待った。ところが、これはあたしのよといわんばかりに、自転車に背中をこすりつけはじめたのだ。しまいには前かごに飛び乗り、またごろごろと喉を鳴らしだした。

「いっしょには行けないよ。あたしは猫の世話の仕方なんて知らないんだから……」

猫は知らんふりでかごの中に落ち着いて、ざらざらした赤い小さな舌で足を舐《な》めている。

「そうか、やっとわかったよ」おばあちゃんは言った。「この砂漠から連れだしてほしいんだね？　それならまかせといて！」

猫の力になれることがうれしかった。ふだんは連れなどいらなかったけれど、不思議といやな気がしなかった。自転車にまたがり、ペダルを漕《こ》ぎだす。

「ねえ、どうしてこんなところに来たの？」おばあちゃんは猫に尋ねた。

そうしてマルおばあちゃんは行程のおよそ半分までたどりついた。目と心を大きく開いておけば、地図も正確な道順も必要ない。いや、生まれながらの旅人に必要なのは、地図や道順ではなく、たいていの人は見過ごしてしまうような小さなヒントだ。

おばあちゃんは知っていた——直感というのは（おばあちゃんはそんな言葉は使わないけれど）、さまざまな知覚器官から意識に届いた膨大な情報を、脳が複雑な計算をして既存のパラメータで篩《ふるい》にかけるまえに、ぎゅっとまとめてしまうひとつの方法なのだ。よく練った思考に変化するまえの純粋な印象といったほうがいいだろうか。理性的なものも感情的なものもごたまぜになっていて、こねくりまわして形作られた思考より速くて力強く鋭敏だ。でも、その正しさを証明するのが難しいのも事実で、科学という名の新たな神を信心するようになったこの世界では、数値化したり図式化したりできる別のスキームやモデルばかりが好まれて、直感はないがしろにされてきた。

そのうえ、勘を働かせるには練習する必要がある。練習を積むとすこしずつ目が開いていき、耳が研ぎ澄まされ、体が解放され、逆に口は閉じる。直感と空想をごっちゃにするのはまずい。空想は心が次々にひねりだすものだが、直感は猫パンチみたいに一瞬のものだ。

そうこうするうちに、砂漠の猫はかごでうとうとしはじめた。

マルは、SF作家のロバート・A・ハインラインとおなじように、こう思っている――女と猫はいつでも自由にやりたいことをやり、男と犬はまず肩の力を抜いて、自由に慣れなければならない。間違っているかもしれないけれど、とにかくおばあちゃんはそう信じていた。ほんとうかどうかわざわざたしかめる気も、そこで気持ちよく眠っている猫を無理に起こす気もなかったけれど。

おばあちゃんはこの何日かのあいだに出会った人たちのことを考えた。すると思いがけず、みんなに共通点があることに気づいた。全員に例外なくおなじ特徴がある。自分にとらわれすぎていて、どこか子どもっぽい。傷つくのが怖くて心を守るよろいを築いてきたけれど、そのよろいに隠れて現実から逃げ、向きあえなくなっている。

自分はこういう人間だという思いこみや、まわりからこう見られているという勝手な想像と、現実との食いちがい――彼らが抱える悩みの最大の原因はそこにある。自分と周囲が切り離されてしまうと、大きな問題が起きるのだ。本来の自然な自分と、その人がとりつかれてしまっている幻想をすりあわせさえすれば、問題はきれいに解決するのに。人がすわるという機能を果たしていれば、だれが椅子に腹を立てるだろう？　音楽をちゃんと奏でてくれるギターに、だれが不満をもつ？　こんなに簡単なことなのに、椅子やギターで壁に釘《くぎ》を打とうとし、うまくいかないと言って怒る人が多すぎる。

だから、最初にしなければならないのは、本来の自然な自分を知ることだ。

おばあちゃんは猫をちらりと見て、ほほ笑んだ。古代の賢者たち、とりわけ東洋の哲人たちが弟子に伝えようとしてきたことを、おばあちゃんは当たり前のこととして知っていた。それはべつに秘密でもなんでもない。ただ、受け入れられる人がほとんどいないだけだ。ごく簡単な、ものごとの裏側に隠れている明らかな真実——守らなければならない「わたし」なんて存在しない。すべての生き物は絶え間ない変化に流され、瞬間瞬間でなりたっている。人間は一貫した自分というものを維持している、という考えは、単なる幻想にすぎない。

それはつまり、結局のところこの世に安定などなく、いやおうなく混沌《こんとん》に向かっているということなのか？　猫がゆっくりと寝返りを打った。この猫も、自分を形作っている瞬間瞬間の連なりを意識するべきなのか？　必死になって未来を計画しなければならない？　アイデンティティが必要なのか？　時間軸を意識せず、未来の計画もせず、アイデンティティもなく、そのせいでこの猫は頭がおかしくなった？　自然の女神がせっかくあたえてくださったさまざまな役割を放り出してしまったってこと？　そんなことはない。動物は一般に理性ではなく本能に従って行動するということは別にしても、根本的なところはおなじだ。人間さまは、本能を捨てて呼吸をせず眠らず、空腹や寒さや暑さとも無縁でいれば、いつか肉体から自由になって、宇宙のダンス、あるいは生命の大河の中で生きながらえることができるとでも？　わたしたちはそんなに動物とはちがう存在なのか？　まさか。毎日悩みに悩み、過去を振り返っては後悔し、先の見えない未来に期待してばかりいるなんて、ばかばかしい。だってそうだろう、バックミラーを見ながら車を前に動かそうとすることが、どんなに無意味か。

マルおばあちゃんは、運命を信じているのだからあとは放っておけばいいなんて、思っていない。目的はきっと果たされると信じてはいるけれど、最初の一歩を踏みださなければならないのは自分だとわかっている。ソファーにすわったまますべてが完了するのを待つ、そんな都合のいい運命などない。理由は簡単。目標達成までには、行動し、決断し、責任を果たさなければならないからだ。それが人生というゲームのルールだ。ひとりひとり（いや、生き物ひとつひとつ）の役割をまずつくりあげて、そのあとそれを忘れさせ、今度は思い出させるためにさまざまなテストを受けさせる、そんなゲーム。だけど、あたえられた役割を思い出すゲームなのか、それともつくりあげるゲームなのか？　もっと広い、神の視野からながめてみれば、どちらでもたいして変わりはないとわかるだろう。人生はあらゆる生き物に試練をあたえる。人一倍勇敢で、頭がよくて知恵があり、根気強く、誠実で正直で寛大な者だけが宝物を見つけることができるのだ。でもそうでない人々はつい受け身になって行動を起こさず、リスクを引き受けないまま、延々と苦しみながら闘うはめになり、生き残りに苦労する。そしてしまいに、闘って手に入れなければならないものなどないし、闘う相手など現実にはいないし、苦しむ必要もなかったことに気づくのだ。

もちろん、人生はときに、人間の目から見れば残酷なレッスンを課す。でも実際には、自然界に善も悪もないのとおなじように、そこには罰だとか教訓だとか、意図などないのだ。劇的な出来事も悲劇も、ただ物語を前に進めるための、人生のシナリオの一要素にすぎない。

ハエの運不運も人間のそれも似たようなものだと言われたら、だれもがぞっとするはずだが、宇宙的な視点に立てば、たしかにハエも人間も立場はおなじだ。ただちがうのは、ハエやネズミ、クマ、ライオン、猫にとっては悲劇も失敗も成功もない。純粋に命がそこにあるだけだ。

ふと気づくと、おばあちゃんと猫はいつしか砂漠をぬけていた。緑がそこかしこに見えはじめている。だんだん夜が近づいてきていた。マルおばあちゃんが木の下で夜を過ごそうと自転車を停《と》めたとき、闇の中に弱々しい光がぽっと灯《とも》った。猫はひと鳴きすると、光のほうに歩きだした。

「今度はなに？」おばあちゃんは猫に尋ねた。答えは返ってこなかった。そこで、あとを追うことにした。

第十一章　人生の流れを止めることはできないけれど、あなたのためになるように、そしてまわりの人たちのためになるように、流れを導くことはできる

目覚めたとき、その瞬間にほほ笑もう。それはまわりを明るく照らすほほ笑みである。

ティク・ナット・ハン

猫はつかのま立ち止まり、足を舐《な》めた。

「どうして今、わざわざ足を舐めるの？」マルおばあちゃんはささやくように尋ねた。

灯《あか》りは思ったより近くにあり、質素な家の玄関ポーチを照らす電球だとわかった。

「細かいところが大事なんだね、ちがう？」灌木《かんぼく》を縫うようにして自転車を押しながら、猫に言う。

細かいところ。プロとアマチュアのちがいが間違いなくそこにある。どんな分野でも――仕事でも、家庭でも、人間としても――成功する人はかならず細部に気をつかう。舞台のスポットライトの位置から、わが子の誕生パーティのテーブルクロスやトレーにいたるまで、身なりから社交にいたるまで。お金をいくらかけるかではなく、行動の問題なの

だ。家の中を整理整頓し、きれいに掃除する。人をふさわしいやり方で迎え、見送る。なにかをつくる（たとえばアルファホールなど）ときに仕上げに手をかける……などなど。どんな場面でもおなじことが言える。

猫とほかの動物とのちがいもそこにある。食事にすぐに飛びつかない。身だしなみに気をつかう。愛情豊かだけど、距離のとり方を心得ている。勘が鋭いが、それをひけらかさない。なにしろ品がいい。そこまで念入りに体をきれいにする必要があるとは思えないけれど、そういう細部にこそ猫のすばらしさが宿っている。つまり、一見すると不必要なことを実践するのだ。たとえばアートもそのひとつと言えるだろう。

マルおばあちゃんは住民を驚かせたくなかったので、音をたてないようにした。

「そこにいるのはどなたかな？」すこしかすれた男の声がした。

おばあちゃんは声の主を探し、家のポーチに人影を見つけた。自分と歳《とし》のころが近そうな老人が、おばあちゃんの家のとよく似たベンチにすわり、淡々とした表情でこちらをながめている。

「マルと申します。通りすがりの者です。野宿をしようと思っていたら、この家の灯りがともり、猫がここに案内してくれたんです。驚かせてしまったならすみません」

「驚いたりせんよ」

マルおばあちゃんは周囲を見まわした。地球のこのあたりはすでに薄闇に支配されていた。月だけが光景をやさしく照らしている。家からすこし離れた空き地に木製の十字架が立っていた。猫は、赤いペンキを雑に塗りたくった板で不器用につくられたベンチに近づき、頭をこすりつけた。

ベンチには『ペドロ・パラモ』が一冊おかれていた。

「なんの本ですか？」マルおばあちゃんは尋ねた。

「さあ。題名は『ペドロ・パラモ』というらしい。息子がおいていったようだが、わしは字が読めない。息子からそう聞いたのを覚えてるだけだ……ずいぶんまえからそこにある」

猫はベンチに飛び乗り、ゆるゆると腰を下ろした。老人は動かない。

「かわいい猫くんだ」

「メスなんですよ」マルおばあちゃんは念のために言った。

「わしはセルヒオだ。セルヒオ・グスマン」老人は自己紹介した。

「はじめまして、セルヒオさん。あたしはマルです」おばあちゃんも自己紹介した。「アルファホールをひとついかが？」

「アルファホールなんて、ひさしぶりだ」老人は平板な声で言った。まなざしもぼんやりしている。

おばあちゃんはエプロンからお菓子をとりだし、セルヒオおじいちゃんに渡した。おじいちゃんは礼を言い、おばあちゃんにすわるよううながす。おばあちゃんもありがとうと告げて、腰を下ろした。

「あたしも字が読めません」おばあちゃんは本の表紙をなでながら言った。埃《ほこり》だらけだ。

「この歳になると、今さらって感じがするがな」

マルおばあちゃんは大笑いした。同感という意味だ。

「ここでひとり暮らしを？」

「息子がいたが、何年かまえに出ていった」

「奥さんは？」

老人は答えるかわりに木製の十字架のほうに顎《あご》をしゃくった。

「お気の毒に」マルおばあちゃんは言った。「余計なことを訊《き》いて申し訳ありませんでした」

「かまわんよ。大昔のことだ。息子が出ていくよりずっとまえさ」そこで言葉を切る。「猫に水をやる入れ物を探してこよう」

老人は苦労して立ち上がり、のろのろと家にはいると、びっくりするほど時間をかけてやっともどってきた。手には、ペットボトルの底の部分を切り取ったものをもっていて、すこしだけ水が入っていた。手が震えているのがわかった。老人は入れ物をベンチの上においてからすわった。猫は水を飲みはじめた。

「女房が死んだとき、ここに埋葬することにしたんだ。自分の手で墓穴を掘った」その目にはやはりなんの表情も浮かんでいない。

おばあちゃんはなにも言わなかった。

「コーヒーか水でもどうだね？」老人が尋ねた。

移動するだけでひと苦労だとわかったので、おばあちゃんは断った。

「いいえ、お気遣《きづか》いありがとうございます」

「なぜ女房をここに埋葬したと思う？」老人はマルおばあちゃんの答えも待たずにつづけた。「ずっと一緒にいてほしかったからさ。わしは思った以上に女房を愛していた。もしここに埋葬すれば、幽霊がどこにも行かずに、わしに寄り添いつづけてくれるだろうと考えた。今もときどきそばにいると感じるよ」

おばあちゃんは腿《もも》に手をおいた。墓に、手作りの木の十字架に、それから月明かりに目を向けた。この老人に同情を覚えていた。

「あんた、結婚は？」セルヒオおじいちゃんが尋ねた。

「したことありません。でも、息子はいました。サンティアゴといって、やはり亡くなりました。今は孫のエルメルをさがしているんです」

「それはお気の毒に……お孫さんの居場所はわからないのかね？」

「ええ、はっきりとは」

「それで、その自転車で旅を？」

「ええ」

「ここに泊まったらどうかね？　質素な家だが、居心地は悪くない」

マルおばあちゃんは招待を受けた。

「ご親切にありがとうございます」そのあとふたりは黙りこんだ。それぞれが思い出や物思いに沈んでいた。やがておばあちゃんが尋ねた。「幽霊になるのって、どんな感じがするんでしょうね」

おじいちゃんは質問の意味を理解するのに時間がかかった。

「わしになぜわかる？」

「奥さんに幽霊になってほしいと思ったということは、幽霊って境遇も悪くないと考えたからでしょう？」

「わしが望んだのは、女房にどこにも行ってほしくないってことだけだ。女房がいなければ、人生に意味などない」

「息子さんは？」

「ベラクルスに行っちまった。心の底では、母親をここに葬ることに耐えられなかったんだと思う」

「あたしもベラクルスに向かってるんですよ。偶然ですね」おばあちゃんはほほ笑んだ。

「息子さんの名前は？」

「パブロ・グスマン。わかっているのは、ベラクルスのどこかでアイスクリーム屋をしてるってこと、ただそれだけ。読書が好きでね。どこで本を手に入れていたのか、わしには見当もつかなかったが。できれば上の学校に入れてやりたかったよ。そうすればもっと勉強できた。だが……ご覧のとおり、うちは貧乏だった」

「どうして会いに行かないんです？」

「女房のルペをひとりにはできない」そう信じて疑わない口調だった。「それに、移動するのがひと苦労だ」

息子さんのほうから会いに来ればいいのに、と思ったが、それは口に出さなかった。つらい記憶を蒸し返す気はなかった。

「妻を木の棺《ひつぎ》に入れて、埋葬した。ただそれだけだ。わしがこの手で」セルヒオおじいちゃんはつづけた。

この老人がその手でなんでもつくっていたなんて、想像できなかった。

「よほど愛していたんですね」

「できればわしのほうが先に逝《い》きたかったよ」

マルおばあちゃんはうなずき、横目で老人のほうをちらりと見た。小柄で、見るからに苦労の多い人生だったことがわかる。過去にしがみつき、愛と束縛を混同してしまっている男。たとえ最初は善意でも、やがてそこには利己心や絶望がはいりこんでくる。気づかずにいれば、それはいつまでも続くのだ。一瞬でも立ち止まって考えをめぐらせれば、自分の行動しだいで、妻の死がもたらした深い痛みから解放されると気づいたはずだった。なのに、妻を安らかに眠らせてやれなかったのだ。彼が死んだとき、妻の幽霊はどうなってしまうのだろう。だれかの手で妻の横に埋葬してもらえると信じているのか？　ふたりとも幽霊になって、そのまま永遠に離れないつもりなのだろうか？　つかのま自分を慰《なぐさ》めたくて、結局妻を永遠の孤独に突き落としたのでは？

さいわい、幽霊はエゴやあらゆる期待から自由になり、だれに痛みをあたえることもないし、実際には存在もしない。

本物の幽霊は、それを信じる者の頭の中にいるだけだ。

実体のないものをどうやって捕まえ、どうやってその腕をつかめばいいのか？　過去や思い出、未来への期待や憶測、自分自身について各自がもっている幻想も、やはりおなじだ。そういうものに手を伸ばしても、なにもつかめない。最悪の恐怖、コンプレックス、迷い、代々受け継がれてきた信念、罪……そのどれも、捕まえようとしたとたんにふっと消えてしまい、たちまちちっとも怖くなくなる。結局のところ、どんなに本物みたいに見えても、しょせんはホログラムみたいなもので、わたしたちに危害を加えることなどできやしないのだ。

マルおばあちゃんはおじいちゃんを傷つけたくなかった。こちらがもった印象を伝えて、なんの意味があるのか。おばあちゃんのほうが眼識があり、感覚が鋭いと思い知らせるため？　ふたりのちがいは、おばあちゃんのほうは、愛や悲しみのような感情にわずらわされずに状況を見られること、ただそれだけだ。それに、わざわざ事実を証明してみせることもないと思えた。それでおじいちゃんを助けることになるなら、意見しても許されるだろう。さもなければ、ただただひとりよがりで残酷なだけだ。

だけどもマルおばあちゃんが思うに、おじいちゃんの問題は年齢にあるのではなく（おばあちゃんに言わせれば、時間はいつだって相対的なものだ）、もっといい方法があるのにそちらに目を向けないことなのだ。場合によっては、勇気をもって状況を認めることは大事だし、避けられないことだ。人生に翻弄され、疲れ果てて満身創痍《まんしんそうい》のこの老人は、痛みをすこしでもやわらげるために必死に幻想にしがみついてきた。でもおばあちゃんは、それをいいとか悪いとか判断する立場にはない。それに結局のところ、「女房の幽霊」はなんの文句も言わず、おじいちゃんは好きなように自分を慰めることができるのだ。

人が嘆き悲しむのはつらいことだし、ある意味、傲慢《ごうまん》なこととも思える。でも、この老人にはつい同情してしまう。

「あたしの息子はずいぶんまえに家出をしましてね。死んだと知ったのは最近のことで、友人から聞かされたんです。葬式にも出られなかったし、どこに埋葬されたのかいまだに知りません。それでも、息子の魂はあたしがどこに行こうといっしょにいてくれます」

「それはお気の毒に」老人が心からそう思っていることが言葉から伝わってきた。

「どうぞお気遣いなく。あの子が誤った道を選び、真正直な人生を生きなかったことはよく知っています」おばあちゃんはそこで言葉を切り、またつづけた。「人生というのはおかしなものです。だけど息子は息子だし、なにがあっても愛してきたし、今も愛している。一日として思い出さない日はないんですよ」

「よくわかるよ」セルヒオおじいちゃんは言った。「わが子というのはそういうものだ。親はできるだけのことをしてやろうとするが、結果は蓋《ふた》を開けてみなきゃわからない。子どもは自分たちとはちがう独立した人間だってことを、遅かれ早かれ旅立っていき、自分の人生を歩きはじめるってことを、なかなか認められない」

「強く吹きつけてくるからといって風を憎んだり、ときどき氾濫《はんらん》するからといって川を責めたりすることはできない。それが風であり、川なんだから」マルおばあちゃんはうっすらとほほ笑んで言った。

老人は木製の十字架に目をやった。猫が立ち上がり、伸びをしながら背中をぐいっともち上げた。ふたりが会話をするあいだ、猫はすやすやと眠っていたのだ。軽やかに地面に飛び下りると、墓のほうに近づいた。到着するとそのままそこで丸くなった。セルヒオおじいちゃんの頬《ほお》を涙が伝った。マルおばあちゃんはおじいちゃんの手をそっと握り、猫にやさしいまなざしを向けた。猫がどうしておばあちゃんの前に現れたのか、やっとわかった。砂漠から脱出したかったからではない。おじいちゃんの妻の墓に寄り添う姿を見て、マルおばあちゃんにはこれから起きることがわかった。ゆっくりと目を閉じ、心の中でにっこり笑った。

「猫はここが気に入ったみたいですね」

「名前は？」

「さあ。昨日見つけたんです。いや、あの子のほうがあたしを見つけたのかも」含みをもたせて言い直す。「砂漠の真ん中にいたんですよ。自転車の前かごに飛び乗って、あたしから離れようとしなかった。砂漠から連れだしてほしいのかなと思っていたけれど、どうやらそれが理由ではなかったようです」

老人は不思議に思ったらしい。

「で、その理由とは？」

おばあちゃんはセルヒオおじいちゃんの膝《ひざ》を三回ぽんぽんぽんとたたき、にっこりした。

「どう思います？　ここでひとりきりはあまりにも寂しくないですか？」

セルヒオおじいちゃんは、妻の墓の上で今も丸くなっている猫のほうをちらりと見た。マルおばあちゃんの言わんとしていることがわかったらしい。猫がいれば、おじいちゃんがもしパブロを訪ねても、ルペも寂しくないだろう。

「わしといるために、ここに来たってことか？」おじいちゃんは尋ねた。

「猫って、不思議な動物ですよね？」おばあちゃんは両手の手のひらに目を落とした。

「でもとても賢い。猫は、元気がない人や助けを求めている人に近づこうとすると聞いたことがあります。作り話だと思っていたけれど、案外そうでもないかも」

猫は、ふたりの会話をよそに眠りこけている。話題の中心は自分なのに、どこ吹く風だ。

ふたりはしばらく無言のままそこですわっていたが、やがて猫がもどってきた。

「おまえ、新しい居場所を見つけたみたいだな」セルヒオおじいちゃんが猫に言った。

おばあちゃんは星をながめていた。

「ベラクルスであなたの息子さんを見つけたら」

「ベラクルスは大都市だし、息子の顔も知らんだろう」

「……いえいえ、なにがあってもあたしはもう驚きませんよ。とにかくもし息子さんを見つけたら、お父さんはあなたのことをいつも思い出していると話します」

「ありがたいことだ」老人はつぶやいた。

それから、もう遅いのでそろそろ寝ることにしよう、ソファーで寝るからベッドを譲るとおばあちゃんに告げた。でもマルは、そのベッドは寝心地がよくなさそうだからと冗談めかして言い、自分がソファーを使うと言い張った。オアハカから自転車でやってきたような頑固な女を説得するのはとても無理だとセルヒオおじいちゃんにはわかっていたから、おやすみと告げてベッドに向かった。

「ひとついいですか？」マルおばあちゃんは、足を引きずりながら去っていくおじいちゃんに声をかけた。「きっとルペさんもあなたに幸せになってほしがっているはずですよ」

おじいちゃんは水を入れたボールを床におき、マルおばあちゃんに笑みを見せてベッドにはいった。おばあちゃんは闇の中、ソファーにすわったまま、考え事をしていた。昔ピスタチオのアイスクリームをもらったことがあった。生まれてこのかた、アイスクリームを食べたのはあれきりだ。

目が暗さに慣れ、猫が老人のベッドに飛び乗って、横で丸くなるのが見えた。猫はそうしておじいちゃんの夢に寄り添った。

そしておばあちゃんも眠りについた。

第十二章　マルおばあちゃんの孤独

かもめのジョナサンは、退屈や恐怖や怒りがかもめを短命にしていると気づき、そういう感情を消せば、長く幸せな人生を送ることができると確信した。

リチャード・バック

「思考のように速く、どこへなりとも飛んでいくには、すでにそこに到着していると知ることからはじめなければならない……」

今の言葉、実際に耳で聞いたのか、それとも夢を見ているのか？　目覚めたときマルおばあちゃんにははっきりわからなかったが、わざわざたしかめてみる気にはなれなかった。夢も現実も、しょせんはすでに起きたことが材料なのでは？

驚いたことに、セルヒオおじいちゃんはもう起きていて、コーヒーの用意をしていた。

「おはよう」マルが体を起こしたのを見て、挨拶《あいさつ》をしてきた。

「おはようございます。まだ夜だけど……」

「わしはふだんからあまり眠らないんだ」おじいちゃんが応じた。

「あたしもですよ」

「コーヒーはどうだね？」

「喜んでいただきます。お供にアルファホールはいかが？」

「それはいいね」おじいちゃんは言った。めったに笑わない男だが、うれしそうに見えた。

猫がベッドから下りて、すぐに水を飲みに行った。

「逃げたりしないかな？」セルヒオおじいさんはその様子を見て言った。

「さあ、どうでしょう。でも、たぶん大丈夫。ここに来たがったのはあの子のほうだもの。あたしはあの子に連れてこられたんです。だから逃げたりするものですか」

「猫の気持ちがどうしてわかる？」

マルおばあちゃんは肩をすくめた。

セルヒオおじいちゃんは、コーヒーのはいった金属製の赤いカップをもって近づいてきた。のろのろとした足取りで、手もすこし震えている。

「自分でとりに行ったのに」おばあちゃんは言った。

「ご心配なく。お客を迎えるのはひさしぶりなんだ。礼をつくさないと」

「こちらこそ泊めてもらったんだから、礼をつくさないと」おばあちゃんはおうむ返しにした。

「もう行くのかい？」

「朝日が顔を出したらすぐに」

「あんたはとても勇敢だ」おじいちゃんが言った。

「勇敢でもなんでもない。これがあたしの道なんです。先へ進むしかないでしょう？」

「道は待ってくれないからな」

「いいえ、道はなくなったりしませんよ。猫の名前は決まったんですか？」

「まだだ。あんたならどう呼ぶ？」

「アスセナがいいな」マルおばあちゃんは言った。修道女たちがマルをあやすとき、ママの名前はアスセナよとうたっていた。アスセナは〝白ゆり〟という意味だ。アスセナとファン。母と父。

「きれいな名だ。じゃあアスセナと呼ぶとしよう」老人の顔がほころぶのを、マルははじめて見た。

「コーヒーをありがとうございました」おばあちゃんは言った。「そろそろお暇《いとま》しなければ。猫ちゃんにさよならと伝えてください。世話をどうぞよろしく」

「まかせてくれ」老人はおばあちゃんを玄関まで送ってくれた。

「ありがとうございました、セルヒオさん。字を覚えたらいいんじゃないかしら？」おばあちゃんは『ペドロ・パラモ』をちらりと見た。それからにっこり笑い、最後にもう一度墓のほうに視線を投げると、自転車にまたがり、手を振りながら遠ざかっていった。

それから数日は自然にまかせ、穏やかに過ぎていった。昼のあとに夜が来て、夜のあとに昼が来た。昼と夜あるいは生と死のような決まったサイクルは、なにをもってしても崩せない。でもそのあいだに無限の行動の可能性がある。

マルおばあちゃんは途中だれとも出会わず、何日もひとりで旅をした。野宿して、夜は星をながめ、朝は感謝と喜びにあふれた新しい一日を歓迎した。一日一日が、こうしてまた生かされる一日であり、一歩一歩が、エルメルと会う日が近づく一歩だった。使命を果たすために前に進み、世界の美しさを目にし、人を助け、理解する機会があたえられる。

砂漠をあとにして、今進む道の両側には草木が広がっていた。最初に決めた三十キロを毎日淡々と走り、疲れたら休んだ。三十キロというのは、目標達成のために必要な現実的な予想値と自分の体の両方に配慮した距離だ。言い換えれば、最適なバランスを考えたということだ。えいやっで決めた数値ではあったけれど、じつはかなり正確だった。本当に三十キロ走ったのかどうか正確に測ることはできないが、体が発信するサイン（体は毎日同じ距離を走ることに慣れている）に注意していれば、いつ休めばいいかはっきりわかる。ちょっとだけ余計に注意力を働かせればそれでいい。

その日は、目標の距離を走りおえたと判断したとき、右手に小川を見つけた。自転車を降り、岸まで押していく。水筒に水を満たし、自分でも飲んだ。水を見ているとほっとした。今夜はここで野宿しよう。

小川のほとりにすわり、太陽が月と星に場所を譲るのをながめた。とぎれることなく、でも一瞬としておなじではない水の流れる繊細な音を聞いていると、心がとても落ち着いた。呼吸音とせせらぎのやさしい音のリズムがひとつになったような気さえする。どれくらいそうしていたかわからなかった。

ふとわれに返ったとき、おばあちゃんは思った。こんな小川が、先だって横断した砂漠地帯のこんなに近くに――それでいて遠くに――あるなんて。だいたい、まわりは緑地なのに、どうしてあんな不毛地帯をわざわざ通ってもらうのに、なぜマルおばあちゃんを選んだのか？ あの猫は、セルヒオさんの家に連れていってもらうのに、なぜマルおばあちゃんを選んだのか？ どうしておばあちゃんのアルファホールはちっとも悪くならないのか？

大きく深呼吸し、理解した。そういう要素ひとつひとつが、運命の定めた、マルおばあちゃんのやるべきことなのだ。だがふと、わけのわからない不安が胸をよぎった。実際エルメルはどんな子なのか。見つかると信じているものの、それでも万が一見つからなかったら、あるいは見つかったとしても拒絶されたら、どうなるのか。すると、息子サンティアゴのことに思いは飛んだ。あの子を助けるために、なにかできたのではないか？

小川の流れを止めようとしても無駄なように、思い出す者の心の中にしかない過去にしがみつくこともあまり意味がない。「実際に起きたこと以外の結果なんて、結局は起こりえないことだったんだと、どうして言いきれるの？ こんなにわたしは苦しんでいるというのに……」自分中心に考えがちな人はそう訴えるだろう。個人の視点を捨てて集合意識というものを受け入れたとき、見え方はまるで変わってくる（まさかと思う人が大部分かもしれないが）。つまり、だれもがひとつの大きな精神とつながりあっている、あらわれ方は無数にあれど実際にはひとつの巨大な生命の一部なのだ、という概念だ。そう考えると、不幸が起きてひどい目にあったと思うかわりに、この出来事でほかのだれかが、おなじひとつの巨大な巣で生きるほかのミツバチが、成長したのだと理解できるだろう。自分だけのための計画がこの世には存在するという、心に深く根差した利己的な信念から、えてして過ちは起きる。自分の使命は他人のそれより重要だとか、自分は選ばれた人間だとか。この世には並行して伸びる人生という名の独立した道がいくつもあって、日常が押しつけてくるロータリーでそれがたまに交差するだけだ、と信じている人もいるだろう。だがじつは、ひとりひとりの命の糸は巨大なクモの巣をつむぎ、だれもが分かちがたくつながって、たがいに結びついている。ひとりひとりがちがって見えるのは、本来混沌《こんとん》としているはずの人生をコントロールし、秩序をあたえようとして失敗した結果なのかもしれない。

マルおばあちゃんが旅のあいだに出会った人たちは、過去にしがみつき、未来に期待ばかりしていた。みな、立ち止まって自分の外に目を向けることができず、今生きているという事実を楽しめず、未来と過去、利益と損失から頭が離れない。自分はそもそも使命なんてもつにはふさわしくないと感じている人もいれば、目標を見定めているつもりになっている人もいた。不幸に見舞われ、みな次々に道を踏みはずしてしまった。苦痛や苦労が、使命を見つけようとする目を曇らせてしまうのだ。

その夜、マルおばあちゃんは、人生を歩むうちに学んできたたくさんの教訓をひとつにまとめ、表面を引っ剝《ぱ》がしてしまえば、じつは人々が抱える使命はたったひとつだと気づいた。みんなにそれを果たす責任があって、同時にみんなを重い義務から自由にする、そんな使命――もうさがす必要などないのだ、あなたはすでに目的地にたどりついているのだから。これに気づくことだけがあなたの使命だ。おばあちゃんは目を閉じ、ゆっくりと息を吸いこんだ。星々が天からおばあちゃんを見下ろしていた。

考え事をしていたマルおばあちゃんは、星のいくつかが光線のようなものでつながっていくのが目にはいった。光の進路をゆっくり追っていき、そこに描かれた形をながめた。円だった。宇宙全体を包みこむかのような、巨大な環《わ》。

何日かまえの夜に見た夢のように、目を覆っていた紗《しゃ》のベールがさっと取り払われたみたいだった。もはや年齢は関係ない。おばあちゃんは陽の光に包まれていた。自分自身の、生きとし生けるものすべての使命を、今理解した。そして光を浴びたそのとき、すべてを赦《ゆる》そうという思いが心の奥深くから湧き上がった。父フアンと母アスセナを、ウンベルトさんを、サンティアゴを、エルメルの母親を、もちろん自分自身のことも。真の世界とは、赦そうとする気持ちにほかならない、そう思い出した。おばあちゃんは赦し、そうすることでビジョンが下りてきた。そのビジョンこそがおばあちゃんの目的なのだ。ビジョンが見せてくれたもの——それは、すべての人が罰や罪、人を傷つけようという意思から自由になり、なによりも、ひたすら愛を広めようとすること。生まれてから死ぬまでの行動や出来事のひとつひとつが、ただただすべての生きとし生けるものへ、命へ、人生へ、愛を広げるためのものだということ。

目的地にたどりついたのだと、おばあちゃんにはわかった。エルメルを見つけられるかどうかにかかわらず、すでに目標は達成したのだ。すべてが去っていくにまかせること、物にしろ思いにしろ霊魂にしろ、なにに対しても執着しないこと。マルおばあちゃんは涙をこぼしながら、そう理解した。自転車で世界を、自分の世界を旅してきたおばあちゃんは、魂に宿る夜の闇の中で確信した。あらゆる形の生命への愛。そして、天はその腕がいだくあらゆる生き物ひとつひとつに、かならずや目をかけてくださるという盲目的な信念。それらこそが、ビジョンが導く究極の答えだった。

どこに向かうのか知らないまま、行くべき場所へ自然に流れていく小川。突然姿を現し、去っていった猫。昇り、また沈む太陽。つかのま心を許しあう人と人。口づけ。飛びまわる蝶《ちょう》。花。走る犬。月明かりできらめく波。枝を揺らす風。

そうしたすべてが緻密《ちみつ》なクモの巣を編みあげ、それを通じてあらゆる生き物が、環境が、夢が去来する。

マルおばあちゃんはゆっくりと目を開け、水筒の蓋《ふた》を閉めた。対立していたはずの「心」と「体」がひとつに溶けあう、その変化がおばあちゃん自身に現れていた。そこには言葉も思考もいらなかった。心も体も軽くなり、解放された気分だった。人生は、一たす一が絶対に二になる足し算ではないし、かならずしもアルファベットのAの次にBが続くわけでもない。どんなプレッシャーも感じる理由などないのだ。九十歳になっても毎日自転車に乗っているのは、心と体の二元論を超越しているから、心と体のバランスも、おばあちゃん自身とそれ以外（いわば外部）とのバランスも、完璧《かんぺき》になっているからだ。

時間も空間もおばあちゃんの足枷《あしかせ》にはならない。時間とか空間とか、そんな幻想はとっくに乗り越えてしまったのだから。恐怖も怒りもおばあちゃんを止めることはできない。おばあちゃんにはもう攻撃する相手はいないし、なににもだれにも攻撃されはしないのだから。心の中に愛という名の白く輝く光があるだけだ。

自分の望みが天の計画に従い、天の計画が自分の望みに従っているなら、どんなことだって実現するはずでは？

せせらぎの音に揺られ、旅の疲れと幸福感の両方に浸《ひた》りながら、マルおばあちゃんは深い眠りに沈んでいった。

第十三章　ベラクルスのアイスクリーム屋。ヒントを見つける訓練をする

むかし、荘周夢に胡蝶《こちょう》となる。栩栩然《くくぜん》として胡蝶なり。自ら喩《たの》しみて志に適《かな》えるかな。周たるを知らざるなり。俄然《がぜん》として覚むれば、すなわち蘧蘧然《きょきょぜん》として周なり。周の夢に胡蝶となれるか、胡蝶の夢に周となれるかを知らず。周と胡蝶とは、すなわちかならず分《ぶん》あらん。これをこれ物化《ぶっか》という。

荘子

マルおばあちゃんは猫になった夢を見た。でも目覚めたとき、自分が猫の夢を見たのか、猫がマルおばあちゃんになった夢を見たのかわからなくなった。おばあちゃんと猫のあいだにちがいはあるのか？　木、人、猫、蝶、記憶、波、潮の満ち干、カップ、希望、喜び、悲しみ、その他、たくさんのものが脳みその中で押しくらまんじゅうをしているけれど、はたしてそれぞれに区別はあるのか？　この世でたしかなのは万物は流転するということだけだと認めるなら、「区別」を受け入れることになんの不都合もない（ただし、その区別はまぼろしだとつねに意識すること）。それは、たとえどんなに現実離れしたルールでも、ゲームをプレーしたいなら受け入れるのとおなじだ。その意味で、人は「自分はこう

いう人間だ」というつもりになっていいし、「こんなふうに呼ばれている」とか、「自分は記憶を（あるいは期待を）もっている」、「体とその外側の境界がどこにあるかわかる」、「自分は椅子ではない」、「とりわけ○○が大嫌い」などなど、どう思ったってかまわない。どれもけっして嘘《うそ》や間違いではない。要は、これは宇宙規模のゲームなのだとつねに意識しておくことが肝心で、問題が生じるとすれば、こういう表面的なちがいを現実と信じこんでしまうことに原因がある。そう考えると、このゲーム（つまり人生）の目的は、ちがいや線引きなどしょせん存在しないと気づき、受け入れることだとわかる。だから、なにごとも過剰に自分事として考えないこと。どんなものでも変化する可能性があり、実際に変化してしまう場合が多いのだから。

このゲームの難しいところは、人と同化しがちなこと、つまりなんでも簡単に聞き入れてしまうことだ。いろいろなアドバイスを本で読んだり、テレビで観《み》たり、ネットで目にしたりすることもあるだろう。でも、経験として深くそれを生きなければ、知識があってもあまり意味がない。

しかし日常は、大部分の人を間違った方向に押し流してしまう。人はこんなアドバイスを信じこむ。「世界の重圧がひとりひとりの肩にずっしりのしかかっている」「脱出したい（あるいは生き残りたい）なら走って逃げるのがいちばん確実だ」「生きることは永遠に他者と戦いつづけることだ」「この世に善などめったに存在しない」「どんどん流れていく日々について人に話したり、写真に残したりしたほうがいい」「硬直してしまった体や心をほぐす方法はない」「感情は副次的なものだ。目に見えない義務は生活そのものより重要だ」「どんなものだって金で売り買いできる」「信念や意見は、ゆりかごから墓場まで心と脳みそにずっと刻みこまれている」……。

ニャア！

一方マルおばあちゃんとしては、人間にはひとつ行動方針があるだけだと思っている。道はただひとつ、答えを出さなければならない問いもただひとつ。自分の行動は愛を広げ平和につながるか、あるいは逆に、利己主義と痛みにまみれてはいないか？

もちろん、正しい答えもたったひとつだ。

ほかのもろもろのアドバイスは結局、人は終わりのない狂乱の競争社会の中で、生きるために努力をつづけなければならない、という議論に集約される。

ひとりひとりの人生ゲームの中では、文化面や精神面だけでなく、物質的にももっと豊かになりたいと望むのは当然のことだ。たがいに矛盾する欲求や信念、富や豊かさに対して無意識に感じてしまう嫉妬や憎しみを捨て、同時に、貧しさほど崇高《すうこう》なものはないなどと崇《あが》め奉《たてまつ》るのをやめれば、良心の呵責《かしゃく》なんて感じずに、現世の楽しみを思う存分味わえるだろう。大事なのは、「魔法の公式」を当てはめることだ――あたえればあたえるほど、たくさん手にはいる。もちろん物質的な意味だけではない。寛大になること、まわりをどんどん豊かにしていくこと、人を助けることもそうだ。それでもう充分。なかには、財産をすべて手放さなければだめだという者もいる（それでいて、めったに自分で手本を示そうとはしない）けれど、耳を貸さなくていい。とにかく、がめつい人間、富を自分のアイデンティティにするような人間にならないこと。それだけでかまわないし、あとはなるようにしかならない。

そして、ナルシシズムや利己主義におちいらないように気をつけながら、自分を愛し、褒《ほ》めてあげること。希望や目標、目的をもつこと。訪れた幸運はすべて、自分にふさわしいものだと認めること。

とどのつまり大事なのは、変わらないのは変化することだけだ、と心得ること。人もそれ以外の生き物も、なにを隠そうその根本は光と愛であり、それがさまざまな実体になるのを楽しんでいるだけだ。岩、猫、蝶、木、星、涙、笑いに、父フアンと母アスセナに、マルおばあちゃんやエルメルに変化し、宇宙全体みたいに大きくもなり、生命という永遠の潮流に浮かぶ埃《ほこり》のように小さくもなる。

いずれにしても、そんなことは考えもせず、ほとんど気づきもせずに、マルおばあちゃんはベラクルスに近づきつつあった。

〝サンティアゴ〟。それはすぐ目と鼻の先にあったのに、マルおばあちゃんにはわかりようがなかった。それでも、方向は間違っていないという気がしていた。

「ここベラクルスに住んでいるとすれば、海の近くにちがいない」壁画をながめながら、マルおばあちゃんは心の中でつぶやいた。

瓶がたくさんはいった入れ物のようなものを描いたカラフルなグラフィティ・アートが、ベラクルスの町に到着したおばあちゃんを迎えてくれた。入れ物は花に囲まれ、〝サンティアゴ〟という言葉とエルメル・エスポーシトというサインが書きこまれている。もちろん、字が読めないおばあちゃんには、そのときはわからなかったのだけれど。旅の途中で出会った人たちからもらったヒント、星々がくれた手がかり、北をめざす抜群の方向感覚に導かれて、はるばるオアハカからここまで来た。あとは海岸の波音をたどるだけだ。

交通量と人通りが増え、遠くから漂ってくる潮の香りが鼻をくすぐった。これはもしや、とおばあちゃんは思った。そのとき、まるで予告かなにかのように、壁画が目に飛びこんできたのだ。

マルおばあちゃんは古びた建物の前で自転車を停《と》めた。その壁に、エルメル・エスポーシトの作品のひとつが描かれていたのだった。壁画について教えてくれたのは、『スター・ウォーズ』のTシャツを着ていた、学校でいじめにあっているらしい少年、マリオだ。実際、その壁画は、町に到着する人みんなに歓迎の挨拶《あいさつ》をしていた。「希望と赦《ゆる》しの町、ベラクルスにようこそ」と語りかけているかのようだった。エルメル・エスポーシトは家庭内暴力の中で育ったにもかかわらず、平穏とやすらぎだけを見据えていた。作品を通じて伝えようとしているのは、平和だった。

そこで道が二手に分かれていた。おばあちゃんは自転車に寄りかかり、孫の作品だとも知らずに壁画をながめていた。そこへ男が通りかかった。

「すみません、旦那さん」おばあちゃんは呼び止めた。「ここはどこです?」

「ベラクルスだよ、奥さん」男はとまどったようにおばあちゃんを見て、答えた。

「ああ、やっぱり」おばあちゃんはにっこりして言った。「ちょっと頭が……」

「大丈夫かい?」男は尋ねた。アルツハイマーかなにか、その手の病気にちがいないと思ったようだ。

「ええ。ちょっとぼんやりしてしまって。それだけです。どうもありがとう」

男が歩きだしたとき、おばあちゃんがまた声をかけた。

「だれがこれを描いたか、ご存じですか?」

「エルメル・エスポーシトだよ。サインが見えないのかい?」

「字が読めないもので」

見知らぬ男は首を振り振り遠ざかっていった。頭がぼけたばあさんがここにもまたひとり、とでも考えていたにちがいない。

マルおばあちゃんは最後にもう一度壁をちらりと見てから自転車にまたがった。どこへ向かうともなく、通りを走っていく。こんな大都市で、どうやって孫を見つけたらいいのだろう？

何区画か走ったところで、さっきのとよく似たグラフィティを見つけた。字が読めないとはいえ、エルメルのサインとおぼしき線の連なりが今度はわかった。

後ろをふたりの女の子が通りかかったので、声をかけてみた。

「すみません、エルメル・エスポーシトのグラフィティって、ほかにご存じ？　港の近くにもあるかしらね？」

少女たちは困ったように顔を見合わせた。

「ベラクルスにはエルメルのグラフィティが山ほどあるよ」髪をブロンドに染めた少女が言った。

「港にはどうやって行ったらいい？」

「こっちの方角」もうひとりのほうが指で方向をさした。

「どうもありがとう」マルおばあちゃんは言った。少女たちは立ち去った。

だれもが、顔のない若者、エルメル・エスポーシトを知っているようだった。

どれくらい距離があるかも考えずに、おばあちゃんは港をめざして自転車を漕《こ》いだ。途中、エルメルのグラフィティをたくさん見かけた。そして、セルヒオおじいちゃんと、アイスクリーム屋を営む息子のことを考えた。運命の女神はふたりを引きあわせようと思っ

ているだろうか？
　遠くにクレーンが見え、潮風が吹いてくる。港はもう近い。おばあちゃんはおなじリズムでペダルを漕ぎつづけた。通りにあったいくつものグラフィティ――都会をいろどるアート、平和を祈る詩《うた》――がおばあちゃんをエルメルへと導いていた。
　やがておばあちゃんは石畳の広場にたどりついた。正面にはどこまでも海が広がっており、まわりに何軒かレストランがあった。その並びに、古びた灰色のビルが一棟、ほかを見下ろすようにそびえていた。側面の壁のひとつが目を引いた。白とショッキングピンクの縦縞《たてじま》が一面を覆《おお》っているのだ。そして右下の角に、スプレーやテンプレートを使って、小さなアイスクリーム屋が描かれていた。二メートルほど離れたところに、本物のアイスクリームの小さな屋台がぽつんと出ていた。カートの色は、マルおばあちゃんの自転車とおなじターコイズブルーだ。白い服を着たやせた男が店番をしている。立ったまま一心に本を読んでいて、客が来るとやっと顔を上げる。

おばあちゃんはゆっくりと男に近づいた。お客に気づき、男が本から目を上げる。店員の顔が見えたとたん、おばあちゃんは見覚えがあることに気づいた。店員にほほ笑みかけられて、こちらもにっこりする。

「いらっしゃいませ」

「アイスクリームをひとついただけますか？」おばあちゃんは告げた。ふたりは、あいだにアイスクリームのカートを挟んで、向かいあっている。

「フレーバーはなににします？」

「生まれてこのかた、アイスクリームを食べたのは一度きりなんですよ。そのときはピスタチオ味でした」

「うーん……ピスタチオに勝つのは難しいな。でも、ほかのを試してみたいですよね？これは責任重大だ……」男は冗談めかして言ったが、親しみやすい雰囲気で好感がもてた。

「ええ、できれば」おばあちゃんはにこにこしながら言った。つい顔をじろじろ見てしまう。「悪いから、選ぶお手伝いをしましょうか。もしあなただったら、どれにする？」

男はうなずくと、目を半分閉じて笑みを浮かべた。おいしかった記憶をよみがえらせようとするかのように。

「バナナ味かな。ぼく、バナナ・アイスが好きなんです」

「じゃあ、それを試してみます」店員はとても丁寧にアイスクリームをすくいはじめた。

「ずいぶん真剣にすくうんですね」おばあちゃんは言った。

「細かいところが大事なんです。そこで人と差が出る。建築家だろうと、インテリアデザイナーだろうと、タクシー運転手だろうと、アイスクリーム屋だろうとね。いつだってベストをつくさなきゃいけない。ちがいますか？」

「そのとおりですよ……」おばあちゃんはエプロンからお金を出そうとした。

「いいんですよ。これは店のおごりです。お客さんの自転車の色が気に入りました」男は、おわかりでしょというようにおばあちゃんに目くばせをした。

「ありがとう。それならチリ風アルファホールを受け取ってちょうだい」おばあちゃんはエプロンのポケットに入れた袋からアルファホールをとりだした。あともう二個しか残っていなかった。

「ありがとうございます」アイスクリーム屋は言った。「アルファホールなんてひさしぶりだな。いや……」男は言い直す。「チリ風は一度も食べたことがないや。メキシコのと似てるんですか？」

「じつのところ、どちらもアルファホールであることに変わりはないんですよ」

男は目を閉じて香りを味わったかと思うと、ぱくっとひと口かじった。

「これはうまい」

「アイスクリームもね」マルおばあちゃんも感想を言った。ふたりはしばらく無言で食べつづけた。「本を読んでいたようね。なんの本？」

「ウィリアム・フォークナーの『サンクチュアリ』です」男は本をもち上げ、表紙を見せた。「じつは、こうしてフォークナーを読んでいても、パオロ・コエーリョだっておなじように読むんです。エリート面《づら》する気はないんでね！」

「あたしは字が読めないんですよ」マルおばあちゃんは告げた。

アイスクリーム屋は、それならなんでそんな質問をしたのかと尋ねたかったが、無礼なことはしたくなかった。

「ご出身は？」男は話題を変えた。

「オアハカから来たんです」おばあちゃんはうまくごまかして答えた。

「そのきれいな色の自転車で、オアハカからここまで？」

「そのとおり」

「それなら、字が読めなくても問題なさそうだ」男がそう言ったので、おばあちゃんはにんまりした。

「ちょっと気になったから、なんの本か訊《き》いたんです。ひょっとして、『ペドロ・パラモ』じゃないかと思って」

「『ペドロ・パラモ』？　ファン・ルルフォの小説の？」男はとまどい気味に尋ねた。

「たぶん」

アイスクリーム屋は空を見上げた。なにか思い出したのか、ふっと笑みを漏らした。

「ずいぶんまえに読んだのを思い出しました」しばらくして言った。「あれはここに来るまえ……」忘れていたと思っていた過去に心がさまよいだす。男のまなざしはおばあちゃんを通り越し、目には見えないはるか彼方《かなた》へ向けられていた。

「みんなはあたしをマルおばあちゃんと呼ぶの」おばあちゃんの言葉で、男の心が現在に引きもどされた。

「失礼しました。ぼくはパブロです」店員はそう言って、手をさしだした。

「知ってるわ。お父さんから聞きました」おばあちゃんはその手を握って言った。

「なんですって？」

「お父さんの家に『ペドロ・パラモ』をおいていったでしょう？」

「ええ」混乱した様子で男が答える。「なぜ知ってるんです？　どうして父さんのことを？あなたはいったいだれ？」その顔に浮かんでいるのは不信感や恐怖ではなく、好奇心だったし、けっしてあわててはいなかった。質問の口調は、これまでどんな可能性でも、そう、とてもありえないようなどんな奇妙なことでも受け入れてきた、この世に起きるおかしな出来事をどんどん楽しもうとする人ならではのものだった。

「どこから話せばいいかわからないけれど、まあ、どうでもいいことね。とにかく、何日かまえにあなたのお父さん、セルヒオ・グスマンさんの家にたどりつき、泊まっていったらどうかと言ってもらった。そのとき『ペドロ・パラモ』の話を聞いた。お父さんは、いつでもあなたのことを思い出せるように、その本をずっとそばにおいている。それにあなたの話もしてくれた」

「父さんが？　あなたに泊まってけと言ったって？　まさか、あのじいさんが忘れるなんて……」

「お母さんのルペさんのことを？　忘れてなんかないですよ。今もとても大事に思ってる」

アイスクリーム屋はわけがわからないといった様子だったが、マルおばあちゃんに俄然《がぜん》興味が湧いたようだった。

「オアハカから来たと言ってましたよね。なんのためにベラクルスに？」

「家族はいるの？」おばあちゃんが逆に訊き返した。

「猫のアスセナと暮らしてます。でも何週間かまえにふいっといなくなってしまって。妻や子どもはいません、今の質問がそういう意味なら」

「猫とはまもなくまた会えると思いますよ」マルおばあちゃんはにっこり笑った。パブロには、なぜおばあちゃんが笑ったのか、そのときは知る由《よし》もなかった。

「父はぼくのことをどう言ってました？」

「読書好きで、ベラクルスでアイスクリーム屋をしていると話してくれたわ。なぜ家を出たの？」

「あの〝コマラ〟にはあれ以上いられなかった」マルおばあちゃんにはなんの話かわからなかったけれど、あえて尋ねなかった（コマラは小説『ペドロ・パラモ』に登場する、死者しか住んでいない村）。「ひょっとして、ぼくをさがしに来たとか……」

「ああ、ちがうんですよ。じつは、孫をさがしに来たの。もしあなたにたまたま会うようなことがあったら、あなたが恋しい、ぜひともまた会いたいと伝えてほしい、と頼まれたのはたしかだけれど」

パブロは唇を嚙《か》んで大きく息を吸った。自分だって父が恋しかった。

「お孫さんにはもう会えたんですか？」

「いいえ、まだよ」

「こんな奇妙な話、今まで聞いたことがない」さすがのアイスクリーム屋も認めた。

「人生というのは奇妙なものですよ」

「ええ……お孫さんの名前は？」

マルおばあちゃんはアイスクリーム屋の背後にある壁画に目を向けた。右下に、孫のサインだと知らされた文字がある。

「エルメル・エスポーシトというんです」

パブロはショーケースに両手を置いて身を乗り出し、おばあちゃんをまじまじと見た。

「あなたがエルメル・エスポーシトのおばあちゃん？」

「そう。孫に会いたくてね。向こうもあたしのことは知らない。おばあちゃんがいるってことさえ知らないと思うわ」

「あなたの話、もうすこし聞かせていただけませんか？」パブロが口の端を拭《ふ》きながら言った。

古代ギリシアの旅人が知らない土地にたどりついたときそうしたように、マルおばあちゃんも旅について事細かに話しはじめた。猫のこと、その猫がパブロの父のもとにおばあちゃんを導いてくれたこと。アスセナと名付けたこと（なんとパブロがつけたのとおなじ名前だった！）。パブロは頬杖《ほおづえ》をついて話に耳を傾けていた。夢中で聞き入っている。

アイスクリーム屋は、おばあちゃんの話が終わったところで言った。「ときに人は、つい惰性に流されてしまいます。日常やら、ものぐさや快適さやらに、浸《ひた》ってしまう。ぼくはもっとまえに父のもとを訪ねるべきだったんです。会いたくなかったわけじゃない。ええ、今もとても会いたい。でも、一日、また一日と引き延ばしてしまった。それが一週間となり、結局さらに時が流れてしまった。

でもこうしてあなたがお孫さんをさがしてここにやってきた。オアハカからはるばる自転車に乗って。なんと言っていいか、わからないですよ」

「言葉なんていらないわ」おばあちゃんは言い、鼻に皺《しわ》を寄せてつづけた。「心の平穏を手に入れることはできたの？」

「今日まではそう思っていました。でもときどき、ふいにわけもなく悲しくなることがあったんです。なにかが足りないような気がして。今ようやくそれがなにかわかりました。ぼくは父と和解しなければならない。ご存じのように、父は母とぼくを心から愛していたんです」マルおばあちゃんは男の手をそっと握った。「エルメルはいいやつですよ」とパブロが言った。

「知っているの？」

パブロはおばあちゃんをやさしい目で見た。

「どうして海のそばで見つかるとわかったんですか？」

「海は命よ。母親がいないなら、海が迎え入れてくれる。海は母親の母親ですからね。あたしはずっと海から離れて生きてきたけれど」おばあちゃんはほほ笑みながら肩をすくめた。でもそのまなざしはやさしく、純真だった。

「だれもその正体を知らないと言われてます」パブロが言った。「でもぼくは、あいつがピスタチオのアイスが大好きだと知っている」彼はそこでにっこりした。「エルメルはぼくの親友です。あいつもぼくがたったひとりの友だちだと言います」

おばあちゃんの皺だらけの頬《ほお》を涙が流れた。パブロが紙ナプキンをひとつかみ、さしだし、おばあちゃんはありがたく受け取った。

「会えるかしらね？」おばあちゃんは尋ねた。

パブロは額の汗を手の甲でぬぐい、空に目を向けた。日差しがだんだん厳しくなってきた。顔をまた正面にもどしたとき、その視線はおばあちゃんを通り越して、人気《ひとけ》のないだだっ広い広場のほうに向けられた。遠くに二羽の鳥が舞い下りたかと思うと、すぐにまた飛び立った。

「あいつはピスタチオのアイスが大好きだ」パブロがとてもゆっくりとおなじ台詞《せりふ》をくり返した。

おばあちゃんは、今なにが起きようとしているのか、直感した。のろのろと振り返る。白いTシャツにジーンズ姿で、赤い巨大なヘッドホンをした二十代とおぼしき若者が、迷いのない足取りでこちらに近づいてくる。パブロを見てほほ笑み、挨拶がわりに手を上げた。

孫のエルメルだとおばあちゃんにはもうわかっていた。

第十四章　新たなはじまり。環が閉じ、環が開く

われわれはおなじ川にはいりながら、はいっていない。なぜなら
われわれはおなじ人間でありながら、おなじ人間ではないからだ。
ヘラクレイトス

古代ギリシアの哲人ヘラクレイトスがこう言ったとき（言ったのか書いたのかははっきりしませんが）、存在の唯一真の姿は変化であると伝えようとしました。のちにプラトンやプルタルコスがこの言葉に触発を受けることになります。だれもおなじ川に二度はいることはできない、なぜなら川も、そこにはいる人も、前と後ではおなじではないから。万物は流転する。易経《えききょう》の擲銭《てきせん》占いでコインを投げるときのように。でも、あらゆる偉大な物語を見ればわかるように、旅の目的はまさにその変身です。ときにその変身の過程は円環構造を成しています。つまり、主人公は出発地点に帰還するけれど、別人になっているというものです。あらゆる旅はふりだしにもどる――ただし最初とはちがう人になって。旅人は出発点にもどるものの、すでに変身している。それが旅の意味なのです。

＊

「ご機嫌って感じだな」やってきたエルメルにパブロが言った。

「今日はいい一日だった。ココーテから連絡があってさ……」エルメルはおばあちゃんをちらりと見た。ココーテというのは、エルメルの代理人のあだ名だ。代理人とはいえ一度もじかに会ったことはなく、連絡手段は携帯電話と電子メールだけ。口座に入金されるとすぐ、エルメルは作品をココーテが指定する住所に送る。マルおばあちゃんの孫はそんなふうに仕事をしていた。「君のところのピスタチオ味のアイスを食べて、お祝いしようと思って来たんだ」

おばあちゃんのほうを向いたとき、向こうもこっちを無言で見つめ、しかも頬《ほお》を涙で濡《ぬ》らしているのに気づいた。

「いったいどういうこと？」エルメルが尋ねた。

＊

エルメルがそう尋ねてから、彼の祖母であるマルおばあちゃんは、孫の手をずっと握りつづけていた。今や太陽が沈みはじめていた。オレンジ色が空の青と海のターコイズブルーをゆっくりと侵食していく。ふたりは、水族館近くに備えつけられた小さな船着き場の端に並んですわり、無言でメキシコ湾をながめていた。

もう八時間以上、おしゃべりをつづけていたのだ。

「エルメル、マルおばあちゃんを紹介しよう。君のお祖母《ばあ》ちゃんだ」パブロがエルメルに言った。最初は、親友（エルメルによれば、唯一の友人）の冗談だと思ったらしい。ふたりはだいぶ歳《とし》が離れているというのに、沈黙とピスタチオ味のアイスクリームをときどき挟みながら話しつづけるうちに、いつしかわかりあえるようになっていた。孤独で気高いふたりの心に、すこしずつ本物の友情が通いはじめたのだ。

君のお祖母ちゃんだと言われたとき、エルメルはおばあちゃんの顔とパブロの顔をあらためてまじまじと見ることになった。おばあちゃんは彼の手をとり、パブロは……そう、たしかにパブロがこんな顔をするのを見たことがなかった。それにパブロはこういうきつい冗談を口にするような人間じゃない。もっと教養があり、繊細で、感受性が鋭い。

「なにかの間違いですよ」エルメルは言った。「ぼくには祖母なんていない」

「孫がいると知ったのはつい最近のことでね。あたしはあなたの父親サンティアゴの母親なの」エルメルは身震いし、歯を噛《か》みしめた。おばあちゃんは涙が止まらなかった。胸がいっぱいで、言葉をしぼりだすのがやっとだった。

「ありえない」

「でもほんとうなの」おばあちゃんは涙ながらに言った。

エルメルはなんとか泣くのをこらえた。祖母がまだ健在だったなんて、思ってもみなかった。祖母の話なんて、今までだれからも聞かされたことがなかったのだ。作品を発表しはじめたのは、母に気づいてほしかったからだ。有名なアーティストになった自分の姿を何度も想像した。母がどこにいようとも、評判が耳にはいるくらい有名に。でも、名前が世に知られるようになるにつれ、母親が名乗りでてくれるのではないかという希望もしぼんでいった。はじめはつらかったけれど、すこしずつあきらめがつき、心を開いて、苦しみから解放されていった。そして、最後に残った期待という名の荷物も捨てた。父のことも母のことも赦《ゆる》し、自分はひとりだけれど、たくさんのものに囲まれていると悟った。それ以来、エルメルの作風はがらりと変わり、世界に平和と光と愛をもたらそうとする強い思いがあふれだした。

今、目の前に、自分の祖母だと名乗る女性がいる。そしてそれは事実だと心の声が告げていた。時計が巻き戻され、ふたたびエルメルは自分の根っこへと導かれていた。根っこはあまりにも早い時期に引っこ抜かれてしまったけれど、完全に抜いてしまうことは、誰にもなににもできない。なぜなら根は個人の体よりずっと深くに伸び、表土の下で枝分かれし、全地球を、全世界をすっかり覆《おお》って、ひとりひとりの肉体や歴史よりはるか遠くまで広がっているからだ。

「お名前は？」エルメルは震え声で尋ねた。

「マル」彼女は答えた。「マルおばあちゃんよ」

とうとうエルメルはおばあちゃんの両手をとり、すこしずつ身をかがめて、しまいにふたりはたがいの体を溶けあわせるように抱きあった。それを見ていたパブロも、感極まって子どもみたいに泣いていた。

「積もる話があるだろう」パブロはペーパータオルで洟《はな》をかみながらうながした。

孫とおばあちゃんは散歩に出かけることにした。自転車を押しますとエルメルが言うと、マルおばあちゃんは、大丈夫、まかせてと告げた。

「いいんですよ、ぼくにまかせてもらって」エルメルは言った。

結局おばあちゃんはエルメルの言うとおりにした。エルメルは左手で自転車をもち、右腕をおばあちゃんにさしだした。ふたりには時間がたっぷりあった。

それからしばらく、ふたりはそれぞれの人生について語りあった。記憶は順番も脈絡もなく、勝手に次々とよみがえってきた。子ども時代の逸話と最近の出来事がごちゃまぜになっていた。

エルメルは、十三歳になる直前に孤児院を脱走したことについて話した。そして、子ども時代のマルとおなじようにストリートチルドレンになった。守ってくれるものがほしくて、不良グループにはいろうかと思ったけれど、アートで自己表現する道に進むことにした。不良グループの保護下にあってもほんとうの意味では安全ではないし、道をはずれたらしまいには命を落とすはめになると、頭の中でなにかが警鐘を鳴らした。そんな場所に未来はない。

「父さんがぼくを救ってくれたんです」エルメルが言った。

「いったいどうやって？　そのころにはもうこの世にいなかったでしょう？」

「反面教師だったんですよ。父さんのこと、そんなによく覚えていたわけじゃないけれど、死んだのは選択を誤ってばかりいたからだってことは肝に銘じた。ある意味、ぼくのために身を犠牲にして重荷を背負い、ぼくに勘定書を残していったんですよ。でもそれが貴重な教訓でもあった。この道だけはたどっちゃいけないと身をもって示してくれたんですからね。ぼくにとっては偉大な先生です。だから尊敬しているし、敬意を払ってる。ほとんど記憶になくても、いつも首《こうべ》を垂れています」

マルおばあちゃんはエルメルの腕をそっと握った。さぞやつらい目にあい、とっさに楽な道に逃げようとして、一度はいってしまったらもうもどれないと自分に言い聞かせ、踏みとどまってきたにちがいない。それはきっと、愛をあたえ、寛容に受け入れ、赦したおかげなのだ。父と和解し、母を受け入れた。そしてみずからをも赦し、自己を肯定することを学んだ。もはや名声も望んでいないという。のちにおばあちゃんも知ることになるのだが、今や世界にさえ名が知れ渡っているのだけれど。作品を描くときは、心を自由にはばたかせる。作品そのもの、アートそのものにしか、今では関心がない。制作するあいだは宇宙と溶けあい、時間は存在しなくなる。エルメル自身も、エルメルとしては存在しなくなり、純粋な創作エネルギーに転換する。自我を手放したとき、創作がすべてになる。

「昔、あなたのお母さんとたまたま行きあったという女性と出会ったの。あなたのお母さんはアメリカ合衆国へ向かったらしい。名前は憶《おぼ》えてないと言っていたけれど」

「その女性の名前は？」

「ホープ・デレン。彼女も芸術家なのよ」

「ホープ・デレン……幽霊アーティストとおなじ名前だ。だれも彼女の居場所を知らない」

「あたしは知ってる」マルおばあちゃんは子どもみたいにころころ笑いながら胸を張った。

エルメルはズボンの後ろポケットから携帯電話をとりだし、なにかを打ちこんだ。

「そのホープ・デレンって、この人ですか？」人前から姿を消すまえに撮られたそのアーティストの写真を見せた。

「そう、この人」

「ホープ・デレンがぼくのことをあなたに話したんですか？」

「あなたのお母さんが彼女にあなたのことを話したの。もっとも、なにもかも打ち明けて、肩の荷を下ろしてしまいたかったんだろうけれど。あなたのお父さんのことも話したみたい。すでに死んでいたことも知らなかったんだと思うよ。それからずいぶんして、あなたの作品を見たホープは、ぴんときた……ねえ、あなたもうそんなかしこまった話し方をしなくていいのよ、そう思わない？」

「わかった」若者は、しかられた子どもみたいにすこしうつむいて答えた。それから照れくさそうにほほ笑んだ。

　ふたりはしばらく黙りこんだ。

　エルメルは、水族館の近くにある小さな桟橋におばあちゃんを連れていくことにした。エルメルのお気に入りの場所だった。そこでおばあちゃんとメキシコ湾を、海をながめたかった。

「今朝、アイスクリーム屋に来たとき、あんなにご機嫌だったのはどうして？」

「大金持ちの実業家のエルネスト・ボロンとかいう人が、ぼくの作品を買ってくれたんだ。ぼくの代理人は〈コヨーテ〉っていうんだけど（でもこのあたりを根城にしてるブローカー《コヨーテ》連中みたいな悪党じゃない）、彼の話では、すごい大枚をはたいてくれたらしい。さっそくパブロに報告して、ついでにピスタチオ味のアイスを食べようと思ったんだよ。ぼくの好物はピスタチオ味でね」

「あたしもよ」おばあちゃんは言った。「不思議だね。じつは、砂漠の真ん中にあるうらぶれた食堂で、そのエルネスト・ボロンと行きあったの」

「すごい偶然だね！」

「偶然なんてものはこの世にひとつもないよ。あたしはあんたをさがしださなきゃならなかった。その一心だったの。旅の途中で出会った人たちは、次々に現れるヒントそのものだった。正しい道を示す標識だったのよ」

マルおばあちゃんは、パブロの父セルヒオおじいちゃんのこと、猫のアスセナのこと、そのアスセナがセルヒオおじいちゃんの家に自分を案内してくれたことを話した。さらに、エスメラルダをはじめ、途中で会ったほかの人々のこと、もちろん、ボクサーのフランシスコ・ハビエルとポケモンカードについても。

「ポケモンか……」エルメルは独《ひと》り言《ごと》のようにつぶやいた。子ども時代のことを思い出していた。カードのことも、ずんぐりしていてちょっと臆病《おくびょう》だった幼いフランシスコ・ハビエルのことも、エルメルの出発の日のことも、なにひとつ忘れていなかった。

「もう見つけたから、返す必要はないと言ってたよ」

「不思議な話だな」エルメルは言い、財布に今もはいっているぼろぼろになったカードのことを思ってにんまりした。でもそれをおばあちゃんに言うつもりはなかった。「そんなこと、すっかり忘れてたよ」にっこり笑って言った。

ふたりの前に広がる海は、陸地の灯《あか》りがところどころに刻み目を入れる黒いかたまりに変化しはじめた。マルおばあちゃんはエプロンのポケットから、最後にふたつ残ったアルファホールをとりだした。

「アルファホールはいかが？」

「うん、喜んで、おばあちゃん」エルメルは言った。ふたりは頭を寄せあった。そうして孫はおばあちゃんの肩を抱いて、ふたりで彼方《かなた》の星をながめた。

エルメルは、ぜひわが家に来てほしいとおばあちゃんを誘った。ありがたいことだった。あたしもすこし疲れたよ、とおばあちゃんは言った。

「自転車はあんたに預けたいと思う」道々、エルメルに告げる。

「自転車なしで、どうするつもり？」

マルおばあちゃんは笑みを浮かべたが、すぐには答えなかった。

「あたしにはもう必要ないよ。あたしの旅はもう終わって、環《わ》が閉じた。今、次の旅の入り口が開いた。別の新しい旅がはじまるの。あんたの旅だよ。あたしとこの自転車はいっしょにたくさんの冒険をした」おばあちゃんは愛《いと》おしそうに自転車を見た。「あんたなら、この自転車を大切にしてくれるとわかる」

「それならおまかせあれ。おばあちゃん、ありがとう」エルメルは約束した。それからおばあちゃんの額にキスをした。

＊

一週間後、エルメルは帰路につくマルおばあちゃんに付き添いたいと申しでた。自分のルーツを、おばあちゃんが住んでいる場所を知りたかった。おばあちゃんについて、父についていて、すでに消滅してしまったあらゆる事柄について、知りたい。いろいろなことを愛《め》で、記憶に刻み、敬意を払いたかった。

自分が暮らした孤児院を訪れよう（もう閉鎖されていると知ってはいるけれど）。アリアガ院長や、マルおばあちゃんの友人たちと知り合いになろう。どこかの壁に絵を描き、その家屋を新たによみがえらせ、愛、平和、希望というメッセージをみんなに伝えよう。でも、できればこれからも顔や素性は伏せて作品を発表したい。有名になることなんて、もうさして重要ではないのだから。おばあちゃんの環はすでに閉じ、エルメルの環が新たに開いた。そんなふうにして人生は進んでいくのだ。ダンスパーティは延々とつづき、生きとし生けるものがつながりあう。つねに変化し、変身し、みんなひとつになる。

エルメルは新しい目標を決めた。おばあちゃんにもらった自転車で、自分の世界を走るのだ。旅はけっして終わらないだろう。永遠の旅を人と分かちあう。

新たな一日が始まった。最初にさした朝の光で、無限につづく誕生の儀式の幕が上がる。

エルメルはマルおばあちゃんの家を飛びだした。

「おばあちゃん、ちょっと散歩に行ってくる！」つつましやかな家を出たところで、エルメルは叫んだ。

おばあちゃんに頼まれて、壁のひとつに絵を描いた。ターコイズブルーの小さなアルファホール。

壁に立てかけてあった自転車を起こし、赤いヘッドホンをつける。自転車にまたがり、地平線に目を向ける。長い道が目の前につづいている。どこへ行くかは、エルメルの自由だ。この道は彼を行きたい場所にきっと連れていってくれる。再生装置で曲を選び、〈プレー〉ボタンを押す。ヘッドホンからR．E．M．の『エレクトロライト』が流れだした。エルメルは両腕を高く突き上げ、目を閉じて、空に顔を向けた。大きく息を吸いこむ。顔全体に笑みが広がる。

今あらためて、生きていると感じた。

おわりに

これは家族でつくりあげた作品だ。わたしのインスピレーションの源であると同時に、貴重な意見や訂正も加えてくれる、妻フルー。並外れた知性と感性の持ち主で、わたしのミューズであり、頼れる大事な共同制作者でもある。

一方、イラストを描いてくれたのは息子のアドリアンだ。みなさんがいつ本書を読んでくださるのかわからないけれど、「できるだけシンプルな」イラストを描くという大きな挑戦を息子が引き受けたのは、十四歳のときだった。もちろん、若者が登場する章についても見直し、間違いを訂正してもくれた（ほかの部分についてもたくさんアイデアを提供してくれたけれど）。この小説を書くにあたって、たまたま十四歳の息子がそばにいるという幸運に恵まれたのだから、利用させてもらわない手はなかった。

お祭しのとおり、この作品はわたし自身の進化の証《あかし》でもある（もしよければ、わたしのこれまでの作品をちらりと見てみてほしい。そうすれば、わたしがなにを言いたいのかわかってもらえるはずだ）。この大胆な方向転換に、眉をひそめる人もいるだろう（「自己啓発」と「神秘主義」に手をつけた大真面目《おおまじめ》な哲学者？　頭がどうかしたのか？　フォークナーからパウロ・コエーリョに乗り換えた？）。だが、忘れないでほしい。唯一変わらないのは、変わることだけだ。人生は勝手につづいていく。わたしたちはただ感覚を研ぎ澄まし、リズムに合わせるだけ。そのあとどうなるか？　新たな冒険がなにを見せてくれるのか？　魂を乗せた風のごとく疾走する馬は、わたしたちをどこに連れていくのか？　次の人生で、わたしたちはなにになる？　だれにもわからない。だから堅苦しいことは忘れて、真面目に考えすぎるのはやめよう。結局のところ、人生という旅で自分がいったいなにをしているのか、まったくわからないし、なにかできるとすれば遊び半分に先行きを当てっこするぐらいのものだ。

さあ、遊ぼう。

訳者あとがき

おばあちゃん、自転車で世界を旅する——。本書の原題 La abuela que cruzó el mundo en una bicicleta を目にしたとき、なんだかそれだけでわくわくしてしまいました。でも、まさに題名どおりの冒険物語なのです。

メキシコのオアハカに住む九十歳のマルおばあちゃんは、日ごろからターコイズブルーのおんぼろ自転車に乗り、スペイン語圏でよく食べられているお菓子、アルファホールを売って暮らしを立てています。どんなダイナマイト級のおばあちゃんなんだろう、と思いますが、マルはいたって穏やかなやさしい人で、日々、淡々と、でも丁寧に生活しています。けれど、そんなおばあちゃんも、さまざまな苦労をしてここまで生きていました。もともとはチリの出身で、赤ん坊のときに救貧院の前に捨てられていたのです。孤児院で育ったマルですが、外の世界にあこがれて十二歳で孤児院を脱走し、メキシコ人実業家に拾われてメキシコ・シティに連れていかれます。使用人として働きはじめたものの、その実業家に手籠《てご》めにされ、妊娠。着の身着のまま、そこを飛びだして、赤ん坊の息子とともにオアハカにたどりつきます。

でも、おばあちゃんの災難はつづきます。息子のサンティアゴは横道にそれ、十三歳で家出をしてしまうのです。それからずっと消息がわからないままでしたが、齢《よわい》九十を数えるつい最近になって、ずいぶんまえにすでに息子はこの世を去り、孫息子がひとり、どこかにいるとわかりました。そして、おばあちゃんの新たな旅がはじまります。孫息子をさがしだし、人生の環《わ》を閉じる旅です。

読者のみなさんは、冒頭にある著者の言葉「はじめに」を読みはじめると、自分もおなじく旅に出るのだと知ります。読書という旅をしながら、きっと不思議な感覚にとらわれるのではないでしょうか。地の文にも、おばあちゃんの言葉の中にさえも、さまざまな視点が入りまじっているからです。どこからどこまでがおばあちゃんの言葉なのか、著者の言葉なのか、あるいはひょっとするとなにか偉大なる存在の言葉なのか、わからなくなります（ときどきおばあちゃんが自分でも不思議がっているところがまた楽しい）。それが妙に心地よく、くらくらと酩酊感《めいていかん》を味わううちに、ふと心に深く響く叡智《えいち》の言葉が見つかるのです。世界を旅するといっても、オアハカからせいぜい四百五十キロしか離れていないベラクルスじゃないか（それでもその距離を九十歳のおばあちゃんが自転車で行くのはすごいことです）と思うかもしれませんが、作品を読めば、ここで言う「世界」がどこのことか、わかっていただけるでしょう。

著者はこの「はじめに」の章で、旅の準備のために、すくなくとも最初の二章は読みきってほしい、と書いています。原書の出版社、ウラノ社でのインタビューで、著者はこれについて、「近頃人々は、あまりにも簡単に幸福を手に入れようとしすぎているように思う。たとえば自己啓発書がこれだけ売れているのもそのせいだろう。箇条書きにされたアドバイスにただ飛びつけば、それでいいなんて。自分が今していること、向かおうとしている方向についてよく考え、成果を得るための努力をすることが大事なんだ」と話しています。

この作品の大きなテーマのひとつは、人生の環です。人は生まれ落ちてから死ぬまで旅をする。でもその旅はふりだしからまたふりだしにもどる旅です。けれど、ふりだしにもどったとき、人はけっして旅立ったときとおなじではない。姿形はおなじに見えても、もう違っているのです。著者は、ヘラクレイトスや荘子《そうし》を引用し、「万物は流転する」、しかし本質は変わらない、そう訴えています。

じつは、おなじインタビューの中で、著者は「舞台はメキシコだけれども（メキシコの野性味や神秘性をイメージとして使いたかった）、この小説はむしろ〝日本的〟なんだ」と話しています。そのあたり、どういう意味なのか、著者のガブリさんに直接メールで尋ねてみました。すると、「全体にぼんやりと〝禅〟を意識していること、それに仏教的な〝無心〟や〝諸行無常〟の状態に内容が触れていること」を挙げてくださいました。わたしが「もしかすると主人公の〝マル〟という名前は日本語の〝丸（環）〟から来ているのでは？」と尋ねると、「へえ、それは知らなかった。マルというのはマリア・エウヘニアの愛称なんだけど、この作品らしい偶然だね」というお返事をもらいました。ガブリさんは日本文化に強く共感するところがあって、合気道なども習っているそうです。

著者のガブリ・ローデナスさんは一九七六年、スペイン南東部のムルシア生まれ。ムルシア大学で哲学を専攻し、博士号を取得しました。本書が寓話《ぐうわ》風の体裁ながら、深遠で哲学的な内容を含んでいるのは、そういう背景があるからなのでしょう。現在はムルシア大学オーディオビジュアル・コミュニケーション学部で教授を務めながら、作家として小説を執筆しています。二〇一三年にはじめて出版したサスペンス小説、El búnker de Noé（ノアの櫃《ひつ》）が好評を博し、その後発表した三作品はいずれもスリラーでした。ですから、これまでとはやや作風の異なる本作は、著者にとっても挑戦だったようですが、もしかするとガブリさんらしさが最も色濃く出ている作品なのかもしれません。

前述したようなテーマのほかにも、この作品には運命論や愛、「今を生きる」などさまざまなことが語られており、読む人によっていろいろな受け止め方ができそうです。でも最後にはきっと、希望がもらえるはず。コロナ禍で落ち着かない日々がつづきますが、この本が小さなともしびとなればさいわいです。

最後になりましたが、丁寧に質問に答えてくださった著者のガブリ・ローデナスさん、きめ細かく原稿を見てくださった小学館編集部の皆川裕子さん、行き届いたアレンジをしてくださった株式会社リベルの岡田直子さん、どうもありがとうございました。

二〇二〇年十二月

宮﨑 真紀

著　ガブリ・ローデナス　Gabri Ródenas
1976年スペイン南東部、ムルシア生まれ。ムルシア大学で哲学を学び、博士号を取得。作家として活躍する一方、ムルシア大学オーディオビジュアル・コミュニケーション学部で教鞭を執る。社会心理学系の雑誌に寄稿、学術誌に論文も多数発表している。著書に『El búnker de Noé（ノアの櫃）』、『Los pasajeros（乗客たち）』、『Albatros（アホウドリ）』（いずれもサスペンス、日本未紹介）などがある。

訳　宮崎真紀　Maki Miyazaki
スペイン語・英語翻訳家。東京外国語大学外国語学部スペイン語学科卒業。スペイン語訳書にフェリクス・J・パルマ『時の地図』、トニ・ヒル『死んだ人形たちの季節』、マリーア・ドゥエニャス『情熱のシーラ』、R・リーバス＆S・ホフマン『偽りの書簡』、英語翻訳にキム・エドワーズ『メモリー・キーパーの娘』、コンドリーザ・ライス『ライス回顧録』（共訳）などがある。

編集　皆川裕子
翻訳協力　リベル

おばあちゃん、青い自転車で世界に出逢う

2021年2月27日　初版第一刷発行

著　者　ガブリ・ローデナス
訳　者　宮崎真紀
発行者　飯田昌宏
発行所　株式会社小学館
〒101-8001　東京都千代田区一ツ橋2-3-1
編集 03-3230-5720　販売 03-5281-3555
DTP　株式会社昭和ブライト
印刷所　萩原印刷株式会社
製本所　株式会社若林製本工場

　ISBN978-4-09-356726-8